U0124670

金宪镐的陶器

平野辽《晨间小路》(上),《伸手的人》(下)

盐崎贞夫《樱》，雕塑

盐崎贞夫

《樱花树下》
（上 作者本人摄影）

《国上山的周围》
（下 Form 画廊提供）

大坊咖啡店手记

[日]大坊胜次 —— 著

童桢清——译

新 星 出 版 社 NEW STAR PRESS

图书在版编目（CIP）数据

大坊咖啡店手记 / （日）大坊胜次著；童桢清译 . -- 北京：新星出版社，2023.11
ISBN 978-7-5133-5319-9

Ⅰ . ①大… Ⅱ . ①大… ②童… Ⅲ . ①随笔 - 作品集 - 日本 - 现代 Ⅳ . ① I313.65

中国国家版本馆 CIP 数据核字 (2023) 第 182475 号

大坊咖啡店手记

【日】大坊胜次　著　童桢清　译

责任编辑	汪 欣	**策划编辑**	东 洋
特约编辑	李夷白	**责任校对**	刘 义
装帧设计	×1000 Shanghai	**责任印制**	李珊珊

出 版 人　马汝军

出版发行　新星出版社
　　　　　　（北京市西城区车公庄大街丙 3 号楼 8001　100044）

网　　址　www.newstarpress.com

法律顾问　北京市岳成律师事务所

印　　刷　北京美图印务有限公司

开　　本　787mm×1092mm　1/32

印　　张　6.125

字　　数　120 千字

版　　次　2023 年 11 月第 1 版　　2023 年 11 月第 1 次印刷

书　　号　ISBN 978-7-5133-5319-9

定　　价　68.00 元

版权专有，侵权必究。如有印装错误，请与出版社联系。

总机：010-88310888　　传真：010-65270449　　销售中心：010-88310811

目录

摄影：关户勇
特别感谢：山本千夏

大坊咖啡店关了。那是在 2013 年 12 月的时候，很久之前的事了。然而有时候我回想起来依旧宛如昨日，有时又甚觉光阴荏苒，咖啡店已是久远的过去。

追忆当初决意关店的时候。从始至终，我一心只想着如何把店开下去。一位又一位地增加店里的客人，除此之外我没有考虑别的方法。让店长久地开下去是我的初衷，开得时间越久，客人自然也会越来越多。我从来没有想过关店不做了。由于我是个租户，所以很难预测未来会遇到什么事情。要怎样做才能够坚持下去，为了坚持下去应该做些什么，我只想这些。

可是当店所在的大楼面临拆除时，关店这个选项第一次在我的心里萌芽。因为我想到了自己的年纪。如果是维持现状的话，我想是可以再坚持很长一段时间的。可若是换一个地方，开一家新店，那样可以坚持下去多久呢? 我产生了疑问。当我决意将关店作为选项的瞬间，时钟的指针仿佛停止了走动，声音消失了，而我的身体如同被冻住一般无法动弹。是谁，是谁的主意，我眼神迟缓地在周围搜寻着源头。我想那是恐惧。我身体的温度被夺走，留下一片空白。可是逐渐地，我感到它一点一点地松懈下来，就像浸泡在温水里寒冷逐渐退去一般。我想这种感觉是安心。我的脑海里浮现出一个空想，清晨的烘焙，每天开店之后的萃取，这些再也不用做了。即便这仅仅是一个空想，可它完全出乎我的意料。

再次强调，我从来没有过不想干了的念头。诚然，早上连续五个小时操作手摇烘豆器不是一件容易的事，中途会感到厌烦。可即便如此，我从未想过不干。我自觉是一边享受一边做着手头的工作。直到今天，我依然清晰地记得当时心中涌现出连自己都震惊的念头时的那种感觉。那真的是安心的感觉吗？我的身体真的如此渴求着这种感觉吗？我的劳作已经到极限了吗？

当然，在那之后我用了好几个月的时间，冷静下来思考怎样做才是对店、对自己最好的。可是已经生根发芽的那个选择，它确确凿凿地在成长着。我在恐惧和安心两种感觉的相互夹击之下，坚定了决心。

在此期间，我常常思考的一件事是如何向客人告别。我的店能够存在这么长的时间，都是客人的功劳。店刚开的时候，有声音质疑它能否存活一年，认为挺过三年就是佳话。我想他们这么说是因为店里的菜单中没有食物。除了点咖啡别无选择，并且做一杯咖啡要花很长的时间，这样的生意怎么能够维持下去？没错，店里很清闲。一位表情严肃的男人一言不发地端上一杯咖啡，客人也一言不发地将其饮下，然后沉默地离开。有点压抑吧。店内的墙面也是暗色调，一点愉快的元素都没有。我在空无一人的店内挑选着豆子的时候，正巧进来的人问道："没事吧？"或者半开玩笑似的抛出一句："还活着吗？"印象中似乎有过这样的插曲。也许对于想要一个人看书的客人来说，我的店是理想的场所。这里环境幽静，不用慌张地空出位置。

偶尔有客人在即将离开之际，视线和我交会。有时他们的双眸仿佛在告诉我，咖啡很好喝。沉默地到来，沉默地离开。仅此而已。客人在离开的时候，我们四目相对，对方的眼神好像在说，这里不需要言语，我很喜欢这样朴素的店。也许有一大部分都是我的一厢情愿，可是当过了一段时间后客人再次光顾，当我从对方的眼神里感受到回应，那是多么让我受鼓舞。这些回应给予我力量，让我能够保持不变的姿态，继续坚持下去。我的咖啡店一路上靠的就是这些人的支持。

我希望留出时间，郑重地向客人告别。在关店之前，向那些现在不能来店里，但过去经常光顾的客人告别。向那些偶尔光顾，但下次不知何时再来的客人告别。我和很多客人的照面相隔很长一段时间。有的是一年一次，有的隔了十年。我想向这些人告别。三十八年的时间，不论是工作还是住所，在这些岁月里，一个人往往会经历人生中的重大改变。但记得这个地方，到访这个地方的依然大有人在。我想到的头一件事便是尽早跟各位好好地告别。

不过在客人之前，我首先向店员们交代了关店的决定。那是在 7 月中旬的时候。我对他们说，2013 年 12 月关店。现阶段我没有打算搬去别的地方重新开始。五个月半之后的事情，希望诸位各自考虑。如果店里人手少了，我也不会临时雇帮手。我希望和现在的团队一起走到关店，希望各位协助我到 12 月。我向店员表达了一直以来的感谢。对于知道住址的客人，我们会寄送明信片告知他们关店的事情。另外用相机将店内的样子拍下来，把照片做成小册子，发给客人们（之后它发展成了书）。

就在我们朝着关店的方向着手准备的时候，意料之外的事情发生了。我们一告诉客人关店的消息，就在网上传开了。真是一瞬间，消息就扩散开来。我很吃惊。很久没联系的人担忧地来问我究竟发生了什么，熟客来问我今后作何打算，闻讯首次来店的客人则发出原来还存在这样一家店的感叹，在国外工作的人看到炎上¹的热度也特意打来电话问候。原来炎上是这个意思，我头一回听说。

过去的三十八年里，我一直坚信的做法是让每一位客人品尝咖啡，希望他们的爱顾能够持续下去，一位又一位地增加来店的客人。三十八年的时间里，我一杯接着一杯地制作咖啡。这和网络的传播方法很不一样。我依靠每一位客人的反应，想着还能再坚持，带着一年之后客人会稍微多一点的期盼，走过了三十八个年头。我发自内心地想要向支持咖啡店的客人们表达谢意。咖啡店经历过很长一段门可罗雀的痛苦时期，因此对客人感恩的心情已经渗入我的骨髓。可是，关店前突然变得非

1　炎上（えんじょう），原意指神社或佛阁等建筑物着大火。口语中指在短时间内网络上对某一件事情展开激烈的议论和评判。考虑到与下文的关联，此处翻译沿用日语原文。（译注，余同）

　　　　　　　　　　大坊咖啡店手记

常忙碌，没有时间向客人道谢。然而，沉默不语的工作状态，和开店当初完全一样的咖啡制作方法，我想通过这些行动传递出对客人的感谢：因为你们的存在，大坊咖啡店才能够这样落下它的帷幕。

接着，更加出人意料的事情发生了。有客人特意来到店里告别："虽然我只是一位普通的客人，但是在这里度过的时间对我来说弥足珍贵。一直以来非常感谢您。"客人们纷纷来到店里跟我们告别后才离开。

我的店不是热闹的交际场所，即使客人会和我们打招呼，但一句话不说便走出店门的人绝不稀少。可以说绝大多数情况都是这样。尽管如此，一位接一位的客人告诉我，在这里他们度过了珍贵的时光。我很意外，也备受感动。

我希望一杯咖啡能够沁润人的心脾。正是由于这个缘故，咖啡必须好喝。人喝到好喝的饮品，会感到全身心放松。如果喝到合自己口味的、特别好喝的咖啡，一定会身心滋润吧。此外，如果客人看到眼前有人在庄重认真地、一滴一滴地做咖啡，想必更会放下戒备。我也想过是否和客人少一些交谈会更好。不过在考虑这些之前，做咖啡的时候是没办法说话的。做咖啡需要沉默。对客人来说，唯有这段时间是必须等待的时间。

有客人给我写了信。事实上，有很多客人在离开前留下了他们的信。

很长一段时间 我在这里找回了安宁
也找回了 曾经挺直的胸膛
由衷地感谢您。
一直以来给予我 这个宁静的场所
也许对您来说
这是理所应当的事情
可是 理所应当的事情
日日夜夜坚持下去
不是谁都可以做到吧
过去我曾说
制作咖啡的动词有
冲咖啡
点咖啡
然而 展现咖啡
我是第一次体验
不仅是展现它的过程
更是展现它的迷人之处
只是看着您
对一切满怀珍重的
静谧而形如流水的动作
我的心便重归宁静。
有一次
一群地道的美国客人
用他们热闹的精神气

占领了吧台

随着您手的动作

他们安静下来

每一个人的视线

都凝聚在您的手边

他们的样子

正是我在这里的样子和心境

这里让我体会到了

不需要语言即可传递彼此的心情

这是多么美妙的事情！

如果说 茶有道法

咖啡亦有道可书

那曾是多么 静谧而美丽的

朴素的 温暖的 美好的时刻。

虽然店的形态消失了

逝去之物将变成深邃的回忆

清楚地留在心灵深处。

衷心感谢。

一

进入12月，店里变得更忙了。手摇烘豆器的极限第一次暴露了出来。烘焙的量赶不上了。开店当初我曾考虑过，如果手摇烘焙不够用，那就必须导入机器。可是店内空间逼仄，机器应该放在哪里呢。万幸的是，也可以说不幸的是，手摇出品的量一直勉强够用。每天连续手摇四个小时、五个小时，的确很辛苦，不过想到导入机器后的烦琐，手摇的工作也不是不可以忍耐。我想它的劳累程度也不过如此。

可是，临到关店那段时期，用手摇烘豆器烘出来的量完全不够店里的出品。无奈之下我决定将咖啡豆改为限量售卖。

在店的门口开始排起长队，做咖啡的时候，视线前方摆着十个、二十个等待的杯子。这样的事情自从开店以来还是头一回。可是萃取的方式不能改变，只能一整天都杵在吧台里，一滴一滴地做着法兰绒手冲。就这样，12月23日，店在忙碌程度达到顶峰的时候，砰的一声，关上了大门。

不论是这段时间来店里的客人，还是很早以前来过店里的客人，最终我都没能好好地跟他们告别，再静悄悄地关上店门。尽管如此，我想客人们已经理解并接受了关店的事实。反而我们店员忙得晕头转向。不过，这是理所应当的事情。

我感到被抛入一片虚空之中，宛如攀登上一座险峻大山的峰顶，随后一脚踩进半空中。多亏其他店员的帮助才能克服那样的状况。我非常感激他们。当我告诉他们关店的决定时，请求他们协助，希望和现在的团队一起走到最后。他们完全应允了我的请求。面对时刻变化的状况，三位店员无言地展现出随机应变的团队力量。我想他们一定非常辛苦。我永远也不会忘记。其实在关店之后，我们一起去旅行了。可是每个人都眼神涣散，动作也都如灵魂出窍般，整个旅途大家都是恍恍惚惚的状态。

就这样，大坊咖啡店消失了。

一
二

咖啡店最大的功能在于用一杯咖啡给予人瞬时的舒心。人们在休息的时刻才会想喝咖啡。人是很忙碌的生物，总是心迷之所见，神游于所闻，没有停歇的时候。这时会萌生出想喝杯咖啡的欲求。饮尽一杯咖啡，回归气定神闲。

　　人喝到好喝的茶或者咖啡的时候，自然会眉头舒解。哪怕它不是风味绝佳，但总归是在休息间歇享用的饮品，算是在身心放松的状态下饮用的。如果它风味绝佳，那么一定会瞬间吹散你身心的疲惫。茶和咖啡之所以道义深奥，也许和它们带给人的感受有关。饮用时一定要全身心地投入，美味的饮品才能保持我们心情的舒畅。美味的点心也能让人感到心情舒畅。人吃到甜的东西会感到愉悦。也许正是出于这个原因，如果搭配的点心甜度足够的话，咖啡有些苦也是可以接受的。不，也许恰好因为咖啡带有微微的苦味，它们才有了沁人心脾的韵味。真是令人欲罢不能。如果咖啡和点心都是甜的，一定不会是现在的感受。茶和咖啡虽然带有甜味，但可能恰好因为它们还带有涩味、苦味等别的组成部分才能够让人感到放松。人在身心舒畅的时候，嘴角会微微上扬。因此，我认为赋予味道以表情是非常重要的。不是只有甜味，带有涩味、苦味的味觉表情不正像人在身心放松时脸上的神情吗？想来，茶、咖啡和繁忙的人之间的关系正是如此吧。

咖啡店，它既不是办公室，也不是家。它是人从自己的角色中解脱出来的地方。是一个人独处的场所，可又并非绝对的孤独。共处于这个空间里的有别的客人，有店员。可以和他们讲话，也可以选择沉默不语。可以静下心来坐在自己的位子上。这样的环境不是经常有的。沉默静止地坐着，是最合适的方式。在这里，人可以在自己的内心世界里游戏。可是，沉默的人什么也没有表达吗？并非如此，他们依然在交流。他们正在感受放松的时刻。他们正在和自己对话，也许在想要和谁分享自己的体验。他们并没有真的不言不语。

关于苦味，我想说一下自己的理解。咖啡中的苦味，它的存在就像在轻轻地拉伸我们正在放松的脊梁骨。咖啡中幽微的甘甜让我们的嘴角上扬，而甘甜中的苦味则让我们的背脊舒展。我想，这也许就是咖啡的功德吧。也许听起来难以让人信服。苦的功德。

我做深烘焙是因为想要展现出咖啡的甜味，可是苦味也会一并出现。这时，我便要想办法安抚苦味的存在。有的时候做得很成功，烘焙的程度恰到好处，达到甜味醇厚、苦味微少的风味。然而这时候我又会觉得如果苦味再稍微多一点就好了。明明想着消除苦味，希望它消失，真是令人感到诧异，我渴求着自己本应讨厌的味道。这是欲求不满吗？

咖啡豆的烘焙，总是伴随着彷徨进行。

　　　　　　　　　　　　大坊咖啡店手记

三

咖啡的味道由烘焙形成。我使用的是手摇烘豆器。将炉膛放在燃气灶上，哗啦哗啦地旋转。随之调整火力的大小。只靠这些。

烟雾的大小随着时间的推移发生变化，咖啡豆的颜色也会发生变化，因而需要调整火力的大小。随着烘焙的进展，咖啡豆的颜色时刻发生着变化。从绿色到接近黑色的焦糖色，想一想真是惊人的变化。我的烘焙方法可以说是"察颜观色"。

生豆的颜色是绿色。绿色，也许这是不说自明的事情。那绿色有几分像翡翠，又有几分像青瓷，深绿色中带着适度的透亮。很美的颜色。

产地和处理方法不同，生豆的大小、形状和颜色也不同。这些不同之处带来的影响贯穿始终，是决定咖啡风味的重要方面。虽说如此，我看到生豆也无法知晓它们的味道。只有把它们做成咖啡，喝下去后才知道它们实际的风味。可如果是第一次试的豆子，并不能保证采用的是最合适的烘焙方法。所以需要多次尝试不同的烘焙方法，再经过试饮，才能掌握它的特点和性格。很花时间。究竟每一种咖啡豆是否存在合适的烘焙方法，这点也很难断言。因此，有一百个人做咖啡，就有一百种味道。我的咖啡的味道也是这一百种之一，这里的烘焙方法不过是做出我的味道的烘焙方法而已。

接下来我就对咖啡的味道做一些说明。下面这张图中的风味描述并没有科学依据。它是用来解释我想追求的咖啡味道的印象图。是我做风味品测时，方便用来说明风味的图表而已。

随着烘焙程度加深，咖啡的酸度逐渐降低。如果将深烘的程度推进至很深，甚至接近极限值，就出现了一个酸度几乎等于 0 的临界点。我把这个临界点定为数字"7"。数字"7"没有任何特殊的含义，不过是为了方便说明。假定"10"是成为炭的程度，那酸度消失的临界点差不多和"7"所处的位置相当，这是我的感觉。就我个人的感觉而言，比"7"更深便称之为法

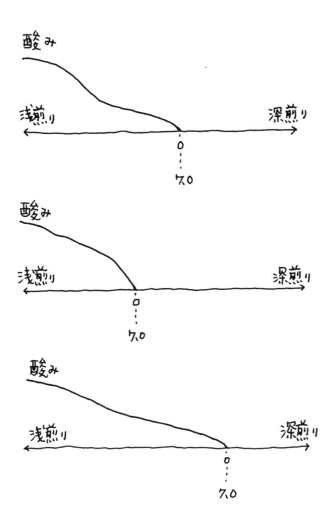

图注
顺序从左到右，从上到下
酸度 浅度烘焙 深度烘焙
酸度 浅度烘焙 深度烘焙
酸度 浅度烘焙 深度烘焙

式烘焙[1]、意式烘焙[2]，比"7"更浅则称之为深度烘焙[3]、城市烘焙[4]、浓度烘焙[5]。可是这些叫法并非明确的规定，也没有什么根据。

临界点"7"所在的位置，并非由烘焙时间和烘焙温度决定。而是实际喝过之后，由舌头来决定的。随着烘焙程度的加深，有的咖啡酸味一下子就消失了，而有的咖啡的酸味则拖着很长的尾巴。只有经过风味品测，直到几乎感觉不到酸味的时候，才能说这个咖啡的烘焙度达到了临界点"7"。是将酸度降低至 0，还是在烘焙结束时保留一定的酸度，这是咖啡风味制作的关键。

我为什么要做如此深的烘焙呢？因为在临界点"7"的附近，咖啡的甜味便会浮现出来。我的烘焙是为了突出咖啡的甜

1　法式烘焙（French Roast），极深度烘焙。下豆时间点在二爆密集到二爆结束。在欧洲以法国最盛行，多用于咖啡欧蕾、维也纳咖啡。

2　意式烘焙（Italian Roast），极深度烘焙。下豆时间点在二爆结束至豆子表面转黑出油。流行于意大利以及拉丁美洲国家，多用于意式咖啡和意式浓缩。

3　深度烘焙，又称完全城市烘焙（Full City Roast），下豆时间点在二爆之后，二爆密集前。烘焙程度介于城市烘焙和法式烘焙之间。

4　城市烘焙（City Roast），中深度烘焙。下豆时间在一爆和二爆之间，接近二爆阶段。

5　浓度烘焙（High Roast），中度微深烘焙。下豆时间在第一次爆裂结束后。

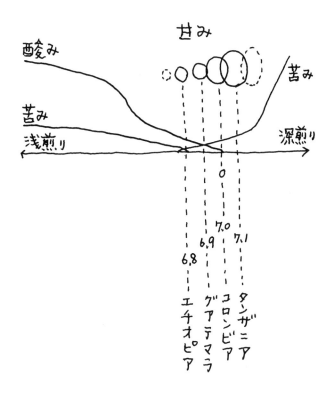

味。可是如果烘焙提升到这个程度，苦味也会出现。深度烘焙产生的苦味，在"7"的附近逐渐增加，到达7.10之后出现猛增，随之产生焦煳味。很多人不喜欢深度烘焙的原因就在于焦煳的烟味和强烈的苦味。所以不能烘焙得那么深。

可是如果从7.00再往前推进一步，到达7.10，在这个烘焙过程中会产生出浓郁的甜味。不同品种的豆子表现会有所不同。有的豆子在达到7.00左右时就已经有了强烈的苦味，有的豆子在烘焙到7.10的时候能够获得低苦、浓甜的风味。这里的尺度很难把控。甜味中包裹着苦味，或是苦味溶于甜味之中。简单来说，如果不能感到甜味胜于苦味，那么就不能说烘焙是成功的。每个人的偏好不同。如果出现苦味更胜一筹的情况，有的人会说，这个苦味很不错，苦中带甜。究竟是甜中带苦，还是苦中带甜，个人的喜好决定了天秤向哪一端倾斜，这也是乐趣之所在。

刚才的图并不能说明随着烘焙程度的加剧，苦味会产生怎样的变化。然而可以确定的是，如果深度烘焙的程度超过7.10，苦味会迅猛增加。

苦味的性质受到豆子本身所具有的苦味特点以及烘焙过程的影响。如果在很早的时候就慢慢降低火力，花时间一点一点地加深烘焙度，咖啡的苦味会十分柔和，甜味则被凸显出来。没错，用这种方法的话，会得到柔和的苦味。

如果是烘焙程度在6.90、6.80的浅度烘焙，苦味会更弱一些。很难说苦味在哪一点产生的最少。并且，据说到达深度烘焙之后出现的苦味峰值，和进入深度烘焙之前的苦味峰值，前后两者的原因不尽相同。我是读了一本科学家写的咖啡的书籍，才知道原来存在两种性质不同的苦味。我看到这个表述的时候，心里真是高兴极了。因为作者认为在第一个苦味峰值消失，进入第二个苦味峰值之前，中间的山谷部分是苦味最少的时候。我感到自己一直在寻找的"节点"得到了佐证。在这个"节点"，苦味降低，而甜味更加突出。根据豆子品种和烘焙方法不同，这个"点"可能出现在 6.90、6.80、6.70 的地方。在这之后酸度会越来越高。

那么酸味应该如何处理呢？这是咖啡烘焙师要面临的最大问题。如果做成 6.90、6.80 的浅度烘焙，虽然苦味比较微弱，但是甜味也会相应变少。随之而来的是咖啡的酸度提升。如此一来就变成了酸度很强的咖啡。对于爱好深度烘焙的人来说，这样的咖啡难以入口。如果要保留酸味的话，我希望尽可能地减少它的存在，保持它和甜味两者的平衡。如此看来，我的天秤是倾向甜味的。我追求的风味天秤朝着带有酸味的甜味倾斜。

以现在的烘焙为例，我来做具体的说明。

比如说哥伦比亚咖啡豆的烘焙，以甜味为重，烘焙点应控制在 7.00。7.00 的话，酸度是 0。我希望能够保留细微的酸味成分，达到甜味中隐约带有酸味的程度。最终烘焙度控制在 7.00 - 少许。

坦桑尼亚的豆子，我希望烘焙点达到 7.10。酸度为 0 也可以，苦味比哥伦比亚再重一些也可以，因为我想突出它浓厚的甜味。这个决定具有危险性。如果苦味占了绝对的上风，喝起来整体的味道就会变得太重、太沉闷。是为了获得柔和的苦味而将烘焙度控制在 7.05，还是再往前迈一步，还是稍稍提早下豆？决定就在一念之间。

危地马拉的豆子，我希望烘焙点在 6.90。酸味会出现，并且还会带有些许涩感。我希望在店里的拼配里加入少许危地马拉特有的涩感，因此它是拼配的伙伴之一。不过，涩感不能出现得过多。尽管我希望保留危地马拉的酸味，但是控制在少量的程度。最终危地马拉的烘焙点定在 6.95。

一定有人会说，你在这里摆出精确的数值，实际真能够做到这么精准地烘焙吗？这些数字只有在我进行过风味品测之后才会产生，因为我的舌头会感受到这些微小的差别。数值是严格根据我舌头的感受来修正的。

比方说埃塞俄比亚的豆子，我坚定地希望能保留它悠长的酸味，烘焙点控制在 6.80。嗯，这里就是需要斟酌的地方。我现在的拼配采用以上四种豆子，恐怕整体风味会有偏酸的风险。因此，埃塞俄比亚豆子的烘焙点控制在 6.80、6.85、6.90。通过逐渐加深烘焙度，来接近柔和的酸味。因此，在这里最好提早减小火力，让酸味保留柔和的特征。

之所以要事无巨细地思考酸味的呈现，以及酸味的保留方法，原因在于酸味赋予整体风味以丰富的表现。当我在表现包含着苦味的甜味时，为了降低苦味的存在感，烘焙进行得很慢。我探寻过苦味的谷值。为了减弱酸味的存在感，烘焙点控制在6.80 至 6.90 之间。希望风味没有丧失掉它的性格。带有酸味的风味所展现出的是咖啡的明亮度，仿佛飘浮在半空的轻盈感。

尽可能地减少苦味，尽可能地减少酸味，从而获得带有微弱苦味和少许酸味的甜味。

这是我能想到的最好的说明。实际上很难实现。就算我用同样的方法进行烘焙，每次做出来的味道都不同。手摇烘豆器是靠手工来进行调整的，每次不一样也许再正常不过。

此外，风味目标还会根据我的喜好而变化。有的时候，我想做出风味浓烈的咖啡：哪怕苦味很强烈，但是甜味醇厚；有的时候，我想做出酸度稍高的不一样的风味。

烘焙点 7.00

能否充分感受到甜味？

苦味有没有太多？

酸度为 0 吗？有没有保留微弱的酸味？

风味曲线的斜度有没有往 7.01 的地方延伸？

还是往 6.99 的方向？

烘焙点 6.90

能否充分感受到甜味？

苦味和酸味，更偏向哪一边？

两者是并列存在的，还是彼此交融？

如果苦和酸融合在一起，它们是否保留了各自的特性？

若是甜味也交织其中，我不知道该用怎样的语言来描述它们的味道。就像三种颜色混在一起之后，出现了另一种颜色。

哪怕是这样复杂的情况，我的舌头也能够逐渐地感受到留在舌尖上的味道。很多时候不是酸味就是苦味。甜味留下来的时候很少。我开始思考也许甜味中香气成分比较多，因而很难化作舌尖上的余韵。如果咖啡的甜味在经过一段时间后依然很明显的话，我会特别开心。而舌尖留下的酸味和苦味，我会在第二天对它们进行调整。

烘焙点 6.80

这里依然要留意甜味有没有被充分保留下来。

如果这时酸味胜过甜味，那么是否应该让酸味胜过甜味，这是否是自己所追求的？还是更想适当地减弱酸味的存在感，从而更突出甜味？在不同的节点，每个人应该根据自己的想法来决定各种延展的方向。想要更加突出甜味的人，则朝着 6.85、6.90 的方向发展，而想让酸味更胜一筹的人朝着 6.75、6.70 的方向进行。

烘焙点 7.10

在这个阶段要尤其注意的是，是否能够充分感受到咖啡中的甜味。

这个烘焙度也是苦味成分浮现的时候，所以必须做出包裹着苦味的甜味。不能让苦味占了上风。否则咖啡的风味表现无可避免地会变得暗淡。如果有的豆子苦味很容易盖过甜味，那么烘焙度必须从 7.10 降低至 7.05 或者 7.00。

每当这种时候，我的头脑中总会浮现不可思议的想法。当成功做出苦味低、整体协调的味道的时候，心中会不自觉地冒出渴求更多苦味的冲动，也许多一点苦味会更好……

我为不同的咖啡豆制定了不同的烘焙点。原则上，每一种豆子的烘焙都依照各自的烘焙点来进行。不过，我也会稍微偏离制定好的烘焙点。因为很多时候就算完全按照烘焙点做好，实际品测之后却感觉味道和原本应该达到的味道不一样。因而尽管我在烘焙的时候，不会故意偏离原本定好的烘焙点，但必要的时候会适当地做出调整。

在店刚开的那段时期，我执着于做出酸度为 0 的咖啡。哪怕稍微保留了一点酸味，我都不满意。我认为大坊的咖啡哪怕带有苦味，但甜味必须醇厚。如果稍微在咖啡中带点酸味，让甜味呈现更加轻盈，那段时间经常喝我咖啡的人就会感到不满。当做出来的咖啡苦味太重，我自己不其满意的时候，有的客人却感叹道："就是这个味道！"反之亦然。当酸味太突出的时候，有的客人会赞许道："真是绝妙的平衡。"当咖啡豆烘焙渐入佳境之时，我的眼前会浮现出他们的脸。我个人也对风味的可能性抱以开放的态度。风味的细微变化，心境的轻轻摇晃都让我偏离原定的轨道。写下严密的烘焙点标准，到最后又将其逐一破坏，实在是愧对读者。不过，我想谁都干过这样的事情吧，一不留神搞砸了。

接下来就用手摇烘豆器来进行烘焙实践吧。

第一步，打开瓦斯开关。——火力 100%（0 分钟）

生豆是绿色的。青瓷色。

豆子温度升高后，逐渐呈现出柔软的绿色。

绿色逐渐变得透明。

豆子的绿色一点点褪去，局部开始发白。

白色的部分越来越多，盖过绿色。

水蒸气开始出现。

调小火力。——70%（约经过 10 分钟）

豆子的白色中开始出现黄色。

微微透着绿色的黄色。柔和的黄色。此时，豆子的颜色非常美。

豆子的颜色开始出现橙色。（约经过 13 分钟）

带有黄色的橙色。颜色恬淡而美丽。

橙色中夹杂有红色。

红色增多。

红色中开始出现淡棕色的皱纹。

棕色由浅变深。豆子体积开始缩小。

调小火力。——60%（约经过 15 分钟）

豆子体积缩小。出现棕色的斑点。

这时候让人不禁怀疑它们究竟会变成什么样子？真的能做出咖啡吗？

收缩停止。

开始膨胀。

调小火力。——50% ~ 40%（约经过 18 分钟）

棕色和深褐色的斑点。

豆子的稚嫩消失了。

豆子开始变得强大。加油！

调小火力。——40% ~ 30%（约经过 20 分钟）

（在这个阶段豆子进入一爆。听见噼里啪啦的声响了吗？如果提前将火力调小到 30%，可以避开一爆继续烘焙……）

豆子明显地膨胀。"我要成为咖啡！"它们开始展露出意志。

皱纹逐渐消失。

进入深褐色的境地。

豆子的力量不断充盈。加油！毫无疑问这是咖啡。

豆子的形状逐渐变得饱满。

调小火力。——20%（约经过 23 分钟）

深褐色逐渐加深。

此时豆子的体积再次开始膨胀。

它们的表面变得光滑。

调小火力。——10%（约经过 25 分钟）

豆子表面的光滑度仍不足够。

再次经历膨胀。

（在这个阶段进入二爆。听见爆裂的声音了吗？如果提前把火力调小到 10%，也许能够避免二爆……）

豆子完全成形了。

之后乃是决断。

深褐色中开始带有黑色。

豆子的光泽仿佛渗透出晶莹的汗水。是现在吗？

豆子的表面紧绷。黑色越来越浓……是现在吗？

豆子的光泽仿佛刷了一层薄油。是现在吗？（约经过 30 分钟）

是现在吗！！

是现在吗！！

再往前迈一步。

到此为止！！

关火，下豆入竹篓！！烘焙结束。

无法重新来过。结束。

摇晃竹篓。排出烘焙产生的烟雾。咖啡豆的薄皮（银皮）会随着豆子的膨胀和搅拌脱落。通过摇晃竹篓可以去掉它们。用手摇烘豆器的话，豆子是连着银皮一块在炉膛里转动。这一点比较麻烦。如果用机器的话，有的机器在转动的过程中能够去掉豆子的银皮。不过，用竹篓能够把它们都筛除掉。这就必须选择编织密度恰到好处的竹篓。这道工序完成后，扇动团扇帮助咖啡豆降温。温度控制在比手的温度稍低一些即可。

接下来就让我们来试豆吧。

咖啡豆 20g、水 50cc、水温 80 摄氏度。粗研磨（肉眼可见大量直径约 1.5mm 的粉末，还有许多极细的粉末）。

豆子采取粗研磨的方式。虽然研磨很重要，但是我们无法掌握豆子究竟被粉碎成什么样的形状，变成多少粗细程度的粉末。尽管这一点非常重要，但是我们无从知晓。咖啡豆经过烘焙后脆度提升，因此我们不知道它们被切碎后会变成怎样的形状。用刀切也无法做到像切刺身那样精确。用研磨的方式应该会产生更多的粉末。

我现在用的磨豆机放在"9"的刻度，大约有一半是粗研磨。有一半是直径约1mm、1.5mm、2mm的颗粒，余下的粗细小于1mm，还有很多粉末。我把这样称为"粗研磨"。我用自己的眼睛来判断研磨程度是否和之前的粗细一样。如果看着颗粒稍微粗了点，那么就稍微调小刻度。比起依赖机器的刻度，我更倾向凭借肉眼的观察来做出调整。

另外，还有很重要的一点，就是要提前做好磨豆机各部件的清洁。机器里面安装有弹簧，调整刻度是通过弹簧的缩放来实现的。因此，给它上油、维持清洁是非常重要的。这样才能保证各部件的流畅运转。磨豆机各部位的状态是在变化的，机器也会随着时间的推移而发生细微的变化，因此只能通过肉眼来判断研磨程度是否和之前一样。

如果使用高品质的磨豆机，几乎不会产生细粉。这样的咖啡粉做出来的咖啡是非常好喝的。味道干净而清澈。

如果研磨产生了细粉，那么咖啡的味道喝起来更加丰富……这是我个人的感觉。我不认为细粉的存在会导致咖啡带有杂味。在我看来，杂味是因为没有把握好烘焙度而导致。诚然，如果豆子研磨得非常细，咖啡的味道可能会变得难以下咽。如果粗研磨产生了细粉，我不认为它们是导致咖啡产生杂味的罪魁祸首。反倒是既有粗颗粒又有细粉的话，会带给咖啡更加浓郁的味道。

普遍的看法是哪怕用同样粗细的粉末以及同样的方法，每个人做出来的咖啡味道也是不同的。但也许味道不同并不是因为做的人不一样，而是因为磨豆机的状态。同一个人做两次咖啡也不会是同一个味道。粉末的大小、注水的方法不可能做到完全一模一样，咖啡的味道肯定不会一样。当我意识到自己变得开始追求咖啡味道上的一贯性的时候，我会用以上的话来警醒自己。

水的温度是 80 摄氏度。温度稍稍有些低，可对于深烘焙的咖啡豆来说是合适的。尽管我通过把控烘焙度和烘焙过程，以呈现出咖啡柔和的苦味，可是深烘焙的咖啡肯定是苦的。苦味对高温的刺激很敏感，温度高的水会让咖啡快速地释放出苦味。因此，为了尽量抑制苦味的出现，水温稍微控制得低一些。然而，低水温很难充分提取出咖啡豆的风味。因此需要用点滴法，一滴一滴地注水，保证充分萃取。用低水温、慢萃取的方法，更容易达到柔和饱满的风味。注水速度是缓是急，出来的味道有很大不同。

经常有很多客人对我说，我按照您的方法，可冲出来的咖啡和您的还是不一样。也许最大的原因是速度放得不够缓慢。那么，究竟注水的速度要控制到多慢？那种缓慢和日常的运动、日常的时间感受都不一样。有时候，休息日里我在自己的家中冲咖啡也会着急，注水的速度无法慢下来。可是在店里，我很快能进入状态。也许这是一种习性，瞬时踏入另一个世界的习性。

热水从注水壶的细嘴口一滴一滴地落下，水注入时形成的线条、水滴接触咖啡粉的瞬间、咖啡粉细微的反应，这些和我

　　　　　　　　　　　大坊咖啡店手记

的目光融为一体，仿佛凝结在此刻。一动不动，直到手冲过程结束。仿佛感受不到时间的流逝。能不能做到这样，做出来的咖啡味道很不同。

当然，不用这么照本宣科。不过，如果采用点滴的萃取方法，热水不会滞留在滤杯里，而是依次流过咖啡粉末。虽然我不确定这点是否有依据，就我的经验来说，滤杯里不积水，不阻止水流，让水流可以不断地流过咖啡粉，这样的状态更有利于充分萃取。在萃取的后半段，无论如何注水量都会变多，难免会产生水滞流在滤杯里的情况。在萃取的前半段最好多加注意。这时候，粗研磨颗粒的粗细比例就变得非常关键。如果细粉末太多容易导致水流不畅，而如果颗粒太粗，则会导致水流速度过快。

法兰绒滤布的优点在于它们会膨胀。棉布的纤维柔软，因此遇到热水后会产生膨胀。法兰绒滤布也不会遇到滤器滤壁带来的阻碍。在萃取的前半段，法兰绒滤布能让水流不那么快速地下落，让热水均匀地落在整个咖啡粉末上。进入萃取后半段，水流容易积蓄，而滤布的膨胀能够促进水流的畅通。法兰绒膨胀的特性很棒。为了让内侧更加易于清洁，法兰绒滤布的外侧采用拉绒加工，因此法兰绒滤布的清洁非常重要。如果纤维之间的网格堵塞，会导致水流不畅。这时候应该更换滤布了。换上新的。最好选择质地厚的布，能够透出咖啡的颜色。深度烘焙的咖啡是红色，非常迷人的红色。

应该结合深度烘焙的前提来决定水温、水流速度、咖啡粉的粗细、烘焙点的位置。想要做出怎样味道的咖啡？明确理想的风味特点，在此基础上思考如何做出调整。

我做深度烘焙，寻求低苦味的烘焙点、只余留少量酸味的烘焙点，追求做出甜味明显的味道。选择哪个烘焙点，什么样的烘焙过程、水温和萃取方法，都是为了达到自己追求的目标。

用粗研磨、低温、慢萃取的方法，咖啡粉末不会有明显的膨胀，而是缓慢而平静地上升高度。如果用高温、大水流的方法萃取，咖啡粉便会迅速地膨胀。尽管这样看起来更好喝，但放心，缓慢的膨胀速度也能够充分萃取咖啡的风味物质。

与其说是转圈，应该是一滴一滴地偏移水滴落下的位置。当我朝着身子对面注水的时候，眼前的咖啡粉便喊道："我这里还没有呢。"当我朝着眼前移动水滴的时候，对面的咖啡粉则催促道："快来我这边。"花时间冲泡的咖啡会和我们相互呼应，萃取在与咖啡粉和时间的对话中前进。

咖啡豆20g，水50cc。这个配比有一点浓。不是一点，是很浓。为什么风味评品要做这么浓的咖啡？因为这样才能让咖啡蕴含的味测充分被释放，我想好好体会。

甜味对苦味、甜味对酸味，哪种多哪种少，哪种强烈哪种微弱。是甜中带苦吗？是甜中带酸吗？是两者融合为一体，还是彼此井水不犯河水？是浓郁的甜味，还是淡雅的甜味？是强烈的苦味，还是柔和的苦味？是滞留在舌尖的酸味，还是不拖泥带水的酸味？我希望能够感受到这些元素。

　　　　　　　　　　　大坊咖啡店手记

还有很重要的一点。我想感知味觉的不同调性，是柔软还是硬朗，是明亮抑或暗淡，是轻盈或者厚重。再进一步，是否顺滑，有无光泽，醇厚度怎样，透明度如何，是否感觉淡雅或是轻柔。要同时具备所有这些特点很难，其中也有相互矛盾的部分。不过，咖啡是蕴含这些元素的，我想仔细感受它们。这些元素只有在我前面写到烘焙点（6.80 前后至 7.10 前后）时才能展现出来，并且只有做成高浓度的咖啡才能感到。淡了就白费功夫。做风味品测的时候，我会找出下次烘焙需要修改的地方。舌头感受到的结果就是我下次需要调整的地方。

风味品测一旦结束，咖啡就纯粹变成享受的饮品。喝得浓与淡，是个人的自由。诚然，当烘焙做得特别满意的时候，有时候我会期望客人喝浓度高的咖啡。可是，进入饮用阶段，之后的事情都属于饮者的自由。自己感觉愉悦就够了，每个人在口腔中所感受到的瞬时的快乐，就是咖啡的全部。

咖啡带有浓厚甜味的同时，苦味也会随之变得明显。为了减少苦味的存在，我想了很多办法。当为了减少苦味而将烘焙程度稍微调整得浅一些的时候，酸味会变得很明显。为了减少酸味的存在，我也下了很多功夫。

若要我举出其中的一个方法，那就是在烘焙过程中提前调小火力。很难准确地形容在什么时候，调小火力到什么程度。大致就是让咖啡豆在烘焙过程中状态更加稳定，比如，在豆子进入一爆（爆裂）之前降低火力。降低一点，进入一爆的时间点会延后。接着，在豆子又准备进入一爆之前，再次调小火力。

这样咖啡豆就避免了一爆。爆裂是咖啡豆在烘焙过程中体积不断膨胀而导致的。尽管爆裂的发生说明豆子的体积产生了足够的膨胀，可我不会把爆裂当作指针，而是通过观察豆子的膨胀状态来调整火力。

如果不把爆裂作为调整火力的依据，那什么时候需要调小火力，对此的判断自然会变得模糊。是在爆裂开始前，还是在咖啡豆体积膨胀的中间阶段？如此一来，调整火力的间隔时间成为稳定烘焙状态的一种方法。让豆子的体积能够平稳缓慢地膨胀，就是稳定的状态。有一个时刻，豆子在体积产生膨胀之前会先收缩。为了让它们能够缓慢地收缩，所以调小火力。提前降低火力，就是这么一回事。如果仔细听的话，能够隐隐约约听见豆子发出噼里啪啦的开裂声，豆子的表面也能看出痕迹。大概就是这时。接下来是二爆。和一爆时的处理方法一样，最好避免二爆。当然，在这个阶段最关键的是下豆的时间点。二爆要平稳，或者避免二爆，这样能够让苦味变得柔和。

酸味要如何才能变得柔和呢？也只能着手于提前降低火力的操作。手摇烘豆器什么别的功能都没有，所以只能这样。尽管这里也是降低火力，然而为了呈现出柔和的酸味，我认为更重要的是观察豆子的颜色变化，从而判断下豆的时间点。要在棕色保留多少的时候下豆？要烘焙到豆子的主色调变黑到何种程度？还有，豆子表面会浮现汗珠般的粼光，学会观察光泽变化是至关重要的。

某日的风味品测

①哥伦比亚：20g，50cc，80 摄氏度

有甜味。有苦味。酸味少，稍微带一点。烘焙度大概是6.95。

甜味有点少？虽有苦味，但是不明显。不强烈。酸味和苦味融为一体，凌驾于甜味之上。可能出于这个原因，整体有些暗沉。不过酸味和苦味都不明显。微弱。甜味也微弱。三者的弱度正好，赋予整体以柔和度。柔弱、缥缈、绵薄、静谧，很好。后味的甜度弱。后味能感受到交融的酸味和苦味有些许的残留。不过很快消失了。

②危地马拉：20g，50cc，80 摄氏度

有甜味。有酸味。酸度有点高？苦味很少很少。甜味也少。苦味很不明显。尽管酸度稍微有点高，但是不强烈。烘焙度大概是 6.85。

轻盈、微弱、柔软。和①差不多。和①的不同之处在于稍微多了一点酸味，稍微少了一点苦味。正因如此，②感觉更加明亮。也许因为是柔和的酸味。难道①感觉暗沉是因为苦味略胜一筹？

后味消失得很快，一下子就不见了。留下来的味道很少。就像是喝了透明的东西……余韵幽微。是很干净的余韵。

注：这是一杯好的咖啡。可是我担心如果浓度再降低的话（比如 20g，100cc），可能就没什么味道了。

说一说余韵：

我认为余韵是在味道逐渐消失的过程中我们所感受到的东西。拿咖啡来说，残留在舌头上的味道大多是酸味或者苦味。甜味留下来的情况也有，不过更多的时候是酸味和苦味。我认为这是因为甜味更多是香氛元素，因此容易消散，只留下非常微弱的痕迹。因为我现在刚喝完，所以口中还能感受到甜味。酸味和苦味也有。今天的咖啡酸味和苦味都很薄弱。很快就不见了。甜味也不见了。没有留下任何不快的味道。不过，喝完咖啡的后味依然充分地留在口中。这是咖啡留下的味道，是咖啡的余韵。余韵不是在口中驱之不散的味道，是令人回味的味道。

③坦桑尼亚：20g，50cc，80摄氏度

有甜味。甜味突出。真甜。有苦味。苦味逐渐增多。附着在口腔中。不过很甜。丰富的甜味包裹着苦味，并且因为苦味的存在变得更加明显。留在口中的是苦味。饱含甜味的苦味。没有酸味元素。可能是 7.10。尽管喝起来柔和。但这个味道算是强烈的吧。需要调整的点大概有：轻盈度、柔和度、浮游感。通过削弱苦味的存在来靠近这些目标。可是，我想保留现在的甜度。能否同时实现呢？

④埃塞俄比亚：20g，50cc，80摄氏度

有酸味。有甜味，但是很微弱。苦味接近无。大概是 6.80。酸味稍微有点强。甜味少。苦味几乎没有。如果单喝的话，味

道没有什么魅力。甜度、醇厚度不够。不过虽然味道平庸，却可以用来做拼配。拼配需要这样的味道。

以上四种豆子按照 1:1:1:1 的比例混合。每一种豆子都有特定的烘焙点，所以按照同等比例拼配就可以。这是我个人觉得好喝的拼配做法。我根据每种豆子的特点来决定它扮演的角色，我自认为这样能发挥每种豆子的特色。可这仅仅是"我觉得好的味道"。我在制作的过程中是带着"我觉得好的味道"，大家一定也会觉得好的想法。可过去别人一直对我说"这只是你的味道罢了"，"抹去了咖啡豆本身的味道"这样的话。如果是以前，我会加以解释：每一种咖啡豆的烘焙程度都展现出豆子的最佳风味表现。现在我已经不在乎了。也许因为我的店已经关了。

如果这四种豆子在当天完成风味品测之后立即做成拼配，结果很有可能会稍微偏酸。④的埃塞俄比亚可以从 1 的比例降低到 0.5。不过烘焙点位于 6.80 至 7.10 之间，是偏酸，或者偏苦，明天都无法完全再现今天的味道。我觉得 1:1 的比例也不错。我在这里说的 7.00 前后的烘焙点，有酸度降低至 0 的点，有保留 0.1 酸度的点，也有苦味增强 0.1 的点，它们是甜味的动态平衡点。此时，烘焙能够赋予咖啡风味以最微妙的变化。大坊咖啡的味道，便是在这样的世界中诞生的。

四

为什么开咖啡店？仔细想来，我也不知道。

　　也许有过一些缘由，让我选择了现在的工作。是缘由，不是资质。如果要成为小说家、画家、运动员，可能需要具备一定的资质，但做咖啡不需要什么资质。这是个只要决心做，不论谁都可以做到的行业。不少人会说出"要不开个咖啡店吧"这样的话，我以前也经常听到。这句话可以理解为，无所谓咖啡的味道怎样，人们是为场所而消费的。可能我也曾抱有类似的想法，认为开咖啡店是自己可以做到的事情。

　　读高中的时候，我曾畅想过长大成为自由记者。不过，这个职业大概无法维持生计，于是我想干脆开个咖啡店，赚生活费。当时这只是个模糊的想法。它不知是怎么产生的，近乎空想，总之，当时我脑中出现了这样的空想。那个时候，咖啡店是我经常去的地方，所以有亲近感吧。在当时，学校是禁止学生去咖啡店的。可是我想和朋友探讨文学，于是我们一家接一家地去咖啡店。越是不让我们去，就越想去。也许这也是我选择做咖啡的缘由之一。

　　我之所以想成为自由记者，是受到当时盛行的迷你杂志的影响。不是主流杂志，是迷你杂志。当时的我产生了一个想法，

四

咖啡店可以作为发行迷你杂志的据点。这样小小的据点，也许更适合我这个人。

那时候有一本叫作《炬火》(たいまつ)的迷你杂志，虽然它的存在已经超越了迷你杂志的范畴。《炬火》是住在秋田县横手市的一位叫作武野武治的人自主发行的新闻周报。武野曾供职于朝日新闻社，1945年，他主张报社也应该承担战争责任，于是辞退了报社的工作，之后自己一个人做起了报纸。我订阅了《炬火》，它是个非常厉害的报纸。

> 作者和读者之间应该维持一种有敲击必有回音的关系。两者用日常的话语交谈是很重要的。东北地区一直以来是遭受蔑视的落后地区，甚至被当成"日本内部的殖民地"。黑暗最浓重之地恰恰是最接近光明之地，对怀抱着上述信念的人来说，东北才是故乡。去乡村吧。一切重新开始。日本从台阶的最底层开始一步一步变得强大，而我希望自己作为个体的人，也一点一点地向着高处攀升。杂志的内容是（报社和读者之间的）主张和解说。例如大的国际事件和自己身边的小事有着怎样的关联。自己生活中微不足道的事情，有着怎样的时代意义，和国家或世界的问题之间存在着怎样的关系。我们应当仔细推敲。
>
> （节选自《炬火十六年》武野武治）

每个人用行动来检验自我感性思考的见解，践行我们认为正确的事情，这样可以促使世界朝着更加美好的方向前进。凡事的基础在于个人。迷你杂志最宝贵的地方就在于它聆听个人的声音。当时的我这么想。宣传、了解、探究，把地方发射出的光芒传递到全国，这便是迷你杂志的魅力所在。

我在高中加入了戏剧社团。社团会利用暑假进行巡回演出。我们会前往岩手县中部偏远地区的小学进行表演。有一年是去川尻的一所小学。川尻是个小地方，位于临近岩手县县界的深山里，从那里穿过县界进入秋田县的领地，便是《炬火》杂志所在的横手市。我们去了川尻的小学和大山更深处一个叫"左草"的地方的小学。不过，在川尻地区有个很厉害的剧团，名叫"葡萄座"。志趣相投的成员聚集在一起，剧团非常活跃。

"葡萄座"剧团和"东京演剧研讨小组"（现在改名为"东演"）有联系，剧团在东京也演出过。当时，东演的领头者是八田元夫先生和下村正夫先生，他们创作出了令人叹为观止的作品。尤其是八田元夫先生导演的《在底层》（1970年左右），将写实主义表现得淋漓尽致，在我心中是完美的戏剧。同一年，另一个剧团也上演了《在底层》，出演的知名演员拿了当年的大奖。我记得自己当时遗憾地不停感叹：错了，错了，东演的版本更好。

高尔基的《在底层》是我在高中开始参加戏剧表演后，非常着迷的一部剧作。反复读过很多遍。不知出于什么原因，每到 12 月，盛冈[1]开始下雪的时候，我一定会把这部作品拿出来读一遍。来东京之后，我看过很多剧团上演的《在底层》，也看了电影版。可是东演的版本无人能出其右。当然，这只是我个人的看法。

"葡萄座"剧团自然也在川尻地区进行公演，他们会选择源于当地的，或剧团自创的剧目。这些戏剧都带有明显的问题意识，通过确立鲜明的地方形象从而更加清晰地进行社会观察。正是因为剧团的这些活动，川尻当地不论老幼都把戏剧当作日常生活的一部分，而且他们有很高的鉴赏力。当地人在心中会对我们当时的表演做出何等评价呢？光是想一想就后背发凉。不过，当地人向我们送出了温暖的掌声，那真是太美好了。也许从远处看，"葡萄座"的活动不过是一点微光，可是它对这个地方、对生活在这里的人们来说，是多么耀眼的光亮。这一点微光的美好也深深地铭刻在我的心中。

初中毕业后，由于家境贫寒，我想尽快工作补贴家用。出于这一单纯的想法，我选择了商业高中[2]。另外，当时的我非常希望能够早日实现经济独立，离开父母和老师。我就读的高中，

---

1 盛冈，位于日本岩手县内陆地区的一个城市，地理位置接近岩手县的中央，同时是岩手县的县厅所在地。

2 商业高中，商业高等学校。日本新制高等学校之一，以商科为单科的高等学校。

传统上学生毕业后会进入大公司工作。为了继承传统，学校期望学生们都走上这条轨道，父母也是这么希望的。不过，在我看来，进入大企业工作意味着成为大机器的螺丝钉，因此，比起考虑去哪方面的大公司，当时的我更坚持去规模小的公司。我追求置身于火花四溅之地，而不是藏于大伞的庇护之下。可当时我的意愿不够强烈。尽管我一心想尽早经济独立，但对于想去的公司并没有一个具体的规划。我最后去了东京的一家银行工作。然而，从被录用的时候开始，我就产生了迟早有一天会辞职的想法。只有当人生中某些事情已被决定之后，过去心中隐隐约约感受到的一些东西才会显现出更为清晰的轮廓。原来，我的内心是如此抗拒加入某个组织。也许是我的性格使然。优柔寡断。但是我的心里确确实实产生了某个念头，尽管它的样子还很模糊，但有一天，它会以清晰的面貌展现出来。内心中朦胧感受到的东西，它的轮廓有一天会清晰地浮现，被诸如《炬火》和"葡萄座"这样的经历所雕琢。那些迄今为止看不清的事物逐渐映入眼帘：社会的、政治的，更重要的是关乎人的本质问题。也许正是这一切才让我想成为一名记者，但这个想法很不成熟。与此同时，我的心中萌发出为维持生计而开一家咖啡店的空想，尽管只是一个模糊的想法。

到东京的银行工作了四年后，一家新成立的小公司向我伸出了橄榄枝。现在回想起来，我当时几乎没有什么顾虑。也不能说完全没有。可能当时的我并不明白放弃稳定的未来人生保障是一个多么重大的决断。也许我只不过是出于想要去小规模的组织工作这样一个模糊的梦想而做出了决定。虽然它只是一个模糊的梦想，可一旦在心里萌芽，就渐渐地生根、成长。最终，生长在内心之地最饱含热爱的那处角落的东西，会留下来。当梦想在眼前成为现实，模糊的想法顿时转变为确定的信念。仿佛事先安排好一般，我朝着梦想的方向走去。就算之后不安的感觉向我袭来，那时也已经没有回头路。我换工作的时候大概是这样的状态。

　　那是一次重大的转折。我在新工作的地方认识了长畑骏一郎先生。在共事的过程中，他告诉我，他在计划开一家咖啡店。我很吃惊。我告诉他，我有和他一样的梦想。后来我请求他让我参与他的计划。我没有丝毫犹豫，跟随他去开一家没有任何保障、不属于任何组织的咖啡店。不属于任何组织、不受任何保护、靠自己活下去，我认为这样的生活是理所当然的。模糊又抽象地、宛如空想般地进行思考，只能说这是我的本性使然。我很坦然地走上了咖啡之路。"大路咖啡店"就这样开始了。

　　长畑先生同意让我从筹备阶段加入，当时我完全是个不中用的小孩。而长畑先生是无所不知的大人。咖啡杯要选大仓陶园、英国的SPONG牌[1]等，玻璃杯是巴卡拉（Baccarat），从桌子、椅子、灯具、门把手到帽挂，都是长畑先生亲自挑选的东

---

[1]　英国的SPONG公司并未生产咖啡杯，此处或为作者笔误。

西。这些琳琅满目的器物一点一点地描绘出店铺的模样。

"一卷厕纸，不能看它的价格，而是要想用起来是否舒适。这样的话，随着开店越来越久，这些选择会受到认可。客人会说，那家店连厕纸的选择都下了功夫。"那个时候，我每一天都在受教。

在长畑先生的店里摆放着全套团伊玖磨[1]写的《烟斗随笔》，还有小岛政二郎[2]的美食随谈。都是成年人的随笔。那是我第一次近距离接触东京的成年人文化氛围。每日的学习同时伴随着痛苦。身为一个乡下人，我自己的愚昧无知全部暴露无遗。然而，在逐渐了解东京的文化世界的过程中，我体会到了很多快乐。我的感性经过在喜悦和苦痛之间不断地挣扎而产生、成长，也有一些部分在出现后又遭遇挫折。

咖啡的味道也是如此。当时，大多数咖啡专门店采取的方式是在吧台上摆着一排虹吸壶，让来客品尝世界各地的咖啡。随后逐渐出现深烘焙的咖啡，炭火烘焙也是其中之一。当时的虹吸壶专门店主要卖的是浅烘咖啡，深烘则要深很多。很好喝。还有比如"cocktail 堂"咖啡店烘焙的深烘咖啡，也非常好喝。吉祥寺的咖啡店"自家烘焙 moka"的咖啡，实在是太好喝了。

1　团伊玖磨（1924—2001），日本作曲家、随笔家。

2　小岛政二郎（1894—1994），日本小说家、随笔家、俳句诗人。

虽然是深烘，但几乎感觉不到深烘的特点，在深烘和临近深烘这两个阶段之间掌握着绝妙的平衡。那里离我的住处很近，所以我经常去。店主身着白色西装，搭配黑色领带。店内是用天平秤来称咖啡的量，就像药店里称药，用镊子夹起砝码放在托盘上。很帅。我记得店员也穿着白色的夹克，系着黑色的领带。

那个时候，"大路咖啡店"做的咖啡比当时的深烘焙咖啡还要更深一点。比较之后，的确是深一点的更好喝。我不禁感叹做出此决定的长畑先生拥有多么敏锐的味觉。从这时候开始，对我而言的咖啡的风味标准就已经决定了。很快我便购买了500g容量的手摇烘豆器，在公寓的厨房里开始烘焙。我观察豆子的颜色，将它们烘焙到店里那样的颜色，再冲出来试饮，我成功再现了店里的味道。稍微往前再迈一步，忽而进入另一片天地，仿佛精灵从天而降，施予咖啡温和的风味。这一系列过程的体验具有不可动摇的真实性。咖啡在此刻获得至高美味。可如果往前迈得太多，就会导致咖啡的味道骤然变差，如同他物。并不是每一次的烘焙都能成功。我以自己在这里收获的微妙的味觉体验为基准，在每次的烘焙中寻找修正之处。看不见尽头的事业，从此刻宣告开始。

五

"大路咖啡店"非常适合青山的街区。这里有纪伊国屋书店，有高级超市 Yours；有 Central Apartment[1]，有南青山第一公寓，有杂志《now》的据点，有江岛设计工作室；石津谦介[2]、佐藤隆介[3]、向田邦子[4]，还有糸井重里[5]都住在这里。青山是新文化旗手们的聚集之地，我则是一无所知的乡下人。青山的街道对我来说，犹如另一个世界。

1　原宿 Central Apartment，曾经存在于东京表参道的住宅兼商业设施。在 20 世纪 60 年代至 70 年代是象征东京青年文化的建筑。

2　石津谦介（1911—2005），活跃在 20 世纪的日本时尚设计师，服装品牌 VAN JACKET 的创始人，是日本男性时尚"常青藤风格"的开创者。

3　佐藤隆介（1936—2021），日本作家，杂文制造处"钵山亭"主人，池波正太郎的弟子，以酒、食、器为主题进行写作。

4　向田邦子（1929—1981），日本电视剧作家、随笔家、小说家。

5　糸井重里（1948—　），日本广告文案作家、散文家、艺人、词作家、电子游戏创作者。

尽管如此，我依然选择把店开在青山。当时的我，心中怀着成为青山一员的憧憬。具体来说，这是个人可以坚持自我的地方。也许因为青山留给我的印象是，有很多人在这里过着单打独斗式的生活。不论是工作、时尚、新现象还是另类的事物，在这里不会遭人冷眼，它们的共存在这里得到默许。既然如此，我想，乡下人何不就像乡下人的样子，外行人何不就像外行人的样子在这里生存下去呢？也许青山允许这样的存在方式。在我所受教的开一家咖啡店的方法之中，有一点是要结合街区的特征来打造店铺。可我对这一点抱着本能的排斥，我认为自己只能完全依照自己的本性来做事。我想正是在这方面，青山对我来说是一片自由的天地。

曾经发生过这样一件事。我刚在青山开店时，对未来的惶恐紧紧地攥住了我的内心。我究竟能否在这里生存下去？正当我陷入不安的时候，我遇见了舟越保武[1]的雕塑作品。有的时候我会去百货店看咖啡杯，有一次碰巧我去看了百货店正在进行的展览。观赏雕塑作品的经历对我而言是陌生的，我也不知道舟越保武这个名字。可是，我越看越被那些作品吸引。展出的作品是人物雕像。有全身像，但大多数是头部和半身像；有铜

---

1 舟越保武（1912—2002），战后日本代表性的雕塑家之一。次男舟越桂、三男舟越直木都是目前十分活跃的日本雕塑家。

像，但主要是石雕。总而言之，非常美。有一座修女的半身像。圣女像。也许是因为信仰的关系，它的美让我意识到人原来是这么美。后来看到艺术家年谱上写着他是岩手人——创作出我这辈子从来没见过的至美之物的人，没想到是岩手人。我下意识地回头看了一下，担心有谁在看着我。等我确定没人在看我之后，便在心中大喊道：看！这是我们岩手人做的！我心里放不下的乡下人的自卑感，究竟是什么？任何人都可以创造出美。遇见美丽之物时，任何人都会受到感动。那一刻我激动地大喊。我从来没有想过自己具有被艺术作品感动的资质，不过根据自己当时的精神状态，能够从作品中直观地看到一些东西。此前，我从来没有过类似的经历。

以毫无保留地打开自己的方式来经营一家咖啡店，这样的想法不是因为我对自己有信心，而是因为我只能用这个办法。另外，从一问三不知的愣头青时期迈出第一步，对我而言十分关键。不论是倒了大霉客人不来，还是运气好到客人接踵而至，结果只需要我自己承担。这是我想要的方式，也是我个人的乐趣所在。年轻意味着观念没有固化。眼前出现的一切事物都是前沿的事件，成熟的想法，是入世的经历。年轻的时候就要全盘接受。先接受，再花时间慢慢咀嚼，吸收转化为自己的血肉。如果遇到无论如何都无法接受的东西，那就先放进自己的抽屉里，或者尝试自己能够接受的范围。这和经营咖啡店同等重要。以完全打开自己的方式来经营店铺，看它能够被人们接受到什么程度。并且除此之外别无他法，这是非武装者应有的姿态。

有人曾经对我这样说过："做酒水生意，意味着赚不了大钱。"这句话本质像是在说，这个行业卖的是人情，买的也是人情。再进一步说，在这个行业里赚钱的人，没有好好做生意的。究竟多少才能称之为"赚钱"，肯定不是指解决生存的程度。服务行业里内含的这种因素，如同一根刺久久扎在我的心中。

那个人还对我说过："我难以融入这个街区。"对方是作家，为先锋杂志撰写非常前卫的文章。从我的角度来看，从事这样工作的人的气质和青山街区的气质是类似的。我想，就像我曾经觉得这个街区宛如另一个世界一样，走在时代前端的人，他们观察事物更侧重于人情方面。不过，我对此并没有感到意外或者别的什么，反而平和地接受下来，就好像这是自然而然的事。这和隶属某个组织而穿上相应的铠甲是同样的道理，不论是什么样的创意人士、自由人，表层之下都栖息着同样的人。因此我可以做到坦然接受。越是涉世未深的年轻人，越是乡下人，越能接受，越能获得蜕变。类似的事情，我把它看作坦诚地接受，坦诚地展露。有可能这是开咖啡店才容易有的思维。撇开职业、地位等一切附属在人身上的元素，对等地看待每一位客人。大家都是一样，来喝一杯咖啡而已。只需一杯咖啡的钱，就在这个空间创造了一个平等的世界。乡下人、创意人士、精英、穷人，去掉这些附属物之后，只留下品尝一杯咖啡的感官。如果以人直观的感受为重，那么就可以平等地尊重所有人。大坊咖啡店的基本方针便是将这一点坚持到底。

各种各样的人来到咖啡店。有公司的社长，有刚入职的新员工，有大学老师，也有学生。在他们所属的组织里存在着各自的"立场"，但在咖啡店里没有立场。立场不外乎只有客人和店的不同而已，这一点只需要店主去考虑。不论多了不起的人，在这里也没有特殊待遇。这么说比较好理解，相反的情况也应如此，这样才能做到真正的对等。

比方说，有一个人站在店门外，指着自己的一身打扮，打手势询问是否可以进来。这个人从上到下沾了一身油漆。他是在附近工地施工的油漆工人，休息时间想来喝杯咖啡。请进，请进，我用手势回应他。这样的情况，我会让他坐在吧台的正中间，正对我的位置。出于"对等"的信念，我还对他露出亲切的笑容。我慢慢地做着咖啡。这种时候，咖啡要慢慢地做比较好。当咖啡做好的时候，对方也完全放松下来。他发出一声"真好喝"的感叹，毫无矫饰的、发自内心的感叹。太好了。这个人在施工的这段时间里，几乎每天都会来喝上一杯。看来他真的很喜欢咖啡。不过他衣服上沾的油漆的量真是前所未见，也许是特殊的施工现场吧，也难怪他会站在店门口踟蹰不前。既然对方无法放松紧绷的肩膀，那么店里的人就应该帮助他一扫心中的忧虑。信念会带我们找到抵达他人的捷径。虽然我无法开口向对方强调"对等"两字，但心中的信念一定会显露在脸上。对方也会感受得到吧。我会比往常更加专注地制作咖啡。我想他是特别喜爱咖啡的。在这样的日子里，如果咖啡的味道不尽如人意，我会懊恼至极。必须和平时一样好喝。

施工结束之后这位客人就消失了。可过了几年，他又来了。也许附近又有工地了吧。他依然先在门外用手势询问能不能进店。我为他做了咖啡。"那之后，我唯一的女儿离开了家。"他开口说道，"我的妻子去世了，留下我一个人。前段时间我身体出了问题，住了院。在医院的病床上，我感觉肩膀一下子轻了许多，好像肩上的行李全部都被卸了下来似的。我这么躺在床上……"油漆工的小指甲涂成了黑色，也许是油漆吧。他的门牙缺了一颗。这两个黑点不时地跳进我的视线。他缓缓地啜饮着咖啡，发出"嘿嘿"的笑声。我在一旁听着。这个浑身沾满油漆、站在门外用手势询问能否进来的人，正身心放松地喝着咖啡。我真的很开心。

这时，我听见坐在吧台后面座位上的客人的声音："妈，最近还好吗……身体说不上强健……没什么毛病。……"这个人是知名的作家，古山高丽雄[1]先生。我想他是来这里和出版社的人谈事情。古山先生在青山有办公室，偶尔他会来喝咖啡。也许是母亲在电话里关心他的身体状况，他说"身体说不上强健"这句话的时候，略微提高了声调。无意间我将头转向古山先生的位置，他也看向我。我们的行动完全一样。虽然只是四目相对，但古山先生的眼神好像在说"虽然身体说不上强健，但还能喝美味的咖啡"。我想，油漆工人也在说"虽然掉了一颗牙齿，但还能喝美味的咖啡"。我不知道这是否能称为平等或是对

---

1 古山高丽雄（1920—2002），日本小说家、散文家、编辑，芥川奖获得者。所著小说多以太平洋战争及战后生活为背景。

等，但能断言的是，大家都是一样的。也许我待客的态度谈不上众人对等。面对地位高的人士，我可能表现得淡然，而对浑身油漆的人却异常温柔，但我认为这才是对等。

店和客人之间也必须是对等的关系。不过，店是在做买卖，这让对等关系的建立变得很难，也容易招致误解。虽然不需要特意去强调对等，但这一点也许是最关键的。店和客人之间的对等不能理解为朋友关系。"欢迎光临"不是在说"您好"。客人到店光顾，道一句"欢迎光临"乃天经地义之事。我们收取客人的费用，理当表示感谢。在寡言少语的店里，这两句问候便是店与客人之间的对话。自然应该带着诚挚的心。我在此想强调的不是问候，而是问候过后的事，是客人的到来所引发的萦绕于心的回忆。为客人做咖啡的时候，头脑中回忆对方上一次是什么时候来的，这是时隔多久后的再次光临。咖啡必须要好喝，必须要和客人付出的金额对等。不，咖啡的味道略微胜过价格更好。最好让客人在结账的时候感到心满意足。

曾经我读到作家藤本义一[1]先生的随笔，深有感触。那是一篇写去酒吧喝酒的文章。文中写道，偶尔去酒吧的时候，店里的人会问候"好久不见""最近好吗"，这样的问候自己有时会觉得回答起来很麻烦。读到这里，我长舒了一口气。对此我感同身受。一句"欢迎光临"就够了，"最近好吗"的寒暄是

1　藤本义一（1933—2012），日本小说家、广播作家、主持人，作品多以大阪为舞台，代表作《鬼之诗》。

多余的。可能在店员来看，这是对熟客的关照。可是对客人来说，意味着必须要回答这个问题，还要做出回应的表情。店里的人应该避免这样的情景。还有一点，人看见陌生人和看见熟人的时候，神色是不一样的。虽然"欢迎光临"是对所有人都说的问候语，但面对熟悉的人时，眼中自然会流露出"好久不见""最近好吗"的关切神色。关切的态度是内含于形的，而人能够体察到举止中蕴含的深意。酒保只需要问候一句"欢迎光临"，客人面不改色地落座，一切照旧。也许有人会反驳我这种主张吧。

"最近好吗"这句话不用迫不及待地说出口。咖啡做好，稍作等候，趁空闲的当口不经意地随口一提，如此就好。尽管我心里这么想，可有时候偏偏闲不下来。一心想着等客人起身离开之际寒暄两句，可很多时候也没能做到。不过，在工作中只要怀着这份心意，哪怕只是说一句"谢谢"，也饱含着希望对方保重身体的情谊。哪怕我们之间没有交谈，我想，在无言之中，对方也已了然彼此的联结，从而倍感欣慰吧。

就咖啡店来说，有的人并不想成为一家店的熟客。我猜这样的人应该有很多。就算来了很多次，也不想被当作熟客对待。面不改色地坐下，面不改色地离开。偶尔会遇上和别人共处的情况，可尽量不想被搭话，也不想主动搭话。虽说不至于完全避免人际交往，但这种倾向我很能理解。客人找我聊天还好，如果对方想要将旁边的客人也拉进来交流，我便会接过话头，削弱对方想侃侃而谈的势头。虽说这样的做法不是店里的规定，但我希望尽量避免造成这间店被熟客占领的印象，凡事适度就好。不论是多次光顾的人，还是第一次来的人，我希望他们能够同等地坐在店里。我想，我对常客刻意保持寡言少语。应该说，我和他们之间只用眼神便能传达心意。而不经常来的客人，我会多加留意。留心对方在这里放不放松，有没有什么需要。这也是构成对等的要素。

另外，我希望对咖啡有着深入了解的人，和第一次来喝咖啡的人能够以同等的姿态坐在店里。尽量避免店里的谈话内容一边倒向咖啡讨论，也极力防止咖啡店成为咖啡通聚集的地方。不过，这其实是因为我的咖啡学识实在是寥寥无几。

当我感受到深烘焙咖啡的美味的时候，我明确地察觉到自己所追求的美味是烘焙度再深一些的咖啡。这是我风味制作的出发点。当我参照着深烘焙咖啡豆的色泽，第一次自己尝试用手摇烘豆器烘焙的时候，我成功进入了自己想要探索的领域。我很幸运，同时我也意识到，同样的情况不会重复上演。从那时开始，我踏上了不断修正轨迹的烘焙人生。这是我开咖啡店的每一天都要重复的事情，因此烘焙必须要控制在接受范围之内。接受范围是由我个人的喜好感觉而决定的，只要在其中就可以。至于对咖啡的产地研究、历史研究、科学成分研究之类的，我提不起来兴趣。实在惭愧。现在如果被问及专业研究方面的问题，我不懂的东西太多了。我觉得好喝就够了。嗯，这么说出来真是羞愧。另外，深烘焙的限度在哪里；我对浅烘焙特点能有多大的接受度；烘焙上的微调将带来怎样的风味变化，每天，我都对诸如此类的细微变化感到时而欢喜，时而忧虑。

味觉这种东西，难道不是大多数人的感官体验都差不多吗？只不过每个人在对自己所感受到的味道的表达方式上，在偏好上各有千秋。表达受到不同的经历、不同的语言使用习惯、偏好倾向的影响，但我认为在基本的味觉感官上，每个人的情况大致相同。当然，有的人天生的体质让他对一些味道敏感，对另一些味道不敏感。可是我认为人与人之间因为体质造成的决定性不同，是可以理解、可以和他人达成共识的。这和眼睛、耳朵有障碍，肤色不同是一个性质的事。我相信人的味觉彼此是对等的。这个想法让我能够对等地看待咖啡店里的每一位客人。

　　如果在店里高谈咖啡，那么谈论的内容不可避免地会变得严苛而高深。这对周围的人来说，一定不是悦耳的声音。我竭力避免咖啡论类似的谈话，并且希望自己做到这一点：如果有不好意思说加奶的客人，我能够察觉他的需求，提前附上奶油。是否端上糖和奶，不是在确认了客人的需要后才准备，也不是等被问了才提供，而要做到预先就能准确地察觉对方的需求，提前备好。这也许称不上是对等呢。我更关照不是"咖啡通"的人。而且，通过这种方式才能够保持店内人人平等的氛围，不是吗？

　　我还曾经被教导过这样的道理。服务业中重要的是让每一位客人都觉得自己是特别的。也许的确如此吧。可是对我来说，这很难做到。可是，如果反过来理解，让客人觉得没有谁是特别的，这样的服务不是更好吗？也许正因为我是开咖啡店的才有这样的思路。没有例外，意味着没有怠慢。哪怕想稍微凸显一些特别，整体的平衡就会遭到破坏。要做到众人没有特例，也很困难。可对我而言，这条路径更加清晰。用通俗的话来说，就是做到冷淡、寡言少语，无所作为。如此一来，重要的部分便是味道，是静寂，是氛围。如果是这些的话，也许我能做到。

在附近工作的一位女性在吧台坐下："我要吃咖啡果冻。"有段时间店里提供咖啡果冻，端上来的时候搭配奶油和黑糖糖浆。她说："我午饭在隔壁的店吃了荞麦面，然后来这里吃咖啡果冻，真是完美。"那天这位客人头一回点了店里的咖啡。她喝下后不自觉地皱起眉头，同时努力舒展着露出笑脸，说了一句："真苦啊。"哈哈哈，她是坦诚的人。我也不禁笑了，回答道："对不起，我的咖啡的确很苦。"

还有一位女客人，因为朋友在我的店里打工，所以会来店里。她说："我讨厌咖啡，请给我红茶。"真直率。她再来的时候依然说："我不喜欢咖啡，请给我一杯红茶。"看到一个人坦率地表达自己的感受，真令我感到畅快。尽管她不喜欢咖啡，但依然会来我的店，这让我倍加欣喜。人的感受、喜好各不相同，这是再自然不过的事情。我想如果能够将之坦率地表达出来，那么人和人就能做到对等地尊重彼此。这种时候我会觉得特别开心。

就算年龄不同，也应该做到对等待人。诚然，晚辈面对长辈时会抱以尊敬之意，然而在喝咖啡的时候，长辈也应该对晚辈表示敬意。每当这样的时候，我便尤为感慨，咖啡这种饮品所拥有的自由是多么宝贵的品质。味觉是完全属于个人的，而咖啡店的空间，是自由的空间。不论是老人还是孩子，是行家、熟客还是初次来店的客人，风味产生于饮用者每个人的感受。咖啡不像茶席让人带着某种期许，也不像酒席令人心生戒备，咖啡是自由的。

尽管我很珍惜咖啡的自由，但是有时不免要做出不同程度的让步。在店里，不论是多么亲近的人，说话都不能过分亲昵，而是明确地使用敬语。不论是多么年轻的人，都不用"君"来称呼。

对店员也绝不使用"君"或者"酱"[1]，所有人一律称为"桑"。店员也叫我大坊桑。这个规则是为了避免熟客用"酱"来称呼店员。咖啡店的自由容易被误解为能够以"君"或者"酱"来称呼对方的随意。自由意味着彼此之间保持着一定的距离。店内的氛围能够丝毫没有高下之分，不正是因为存在这段距离感吗？也许有的人会觉得这样很冷淡，明明每天都来喝咖啡，却始终被当作陌生人一般对待。可正是因为这样的待客方式，认真做好每一杯咖啡，花时间等待、品尝咖啡，这三个过程才能够得到对等的重复。

长者和年轻人并排坐在吧台里的时候，也许围绕两个人的气氛中会飘荡着一丝紧张感，然而喝到咖啡时两个人却同时露

1　日语里习惯在人名后面加上后缀称呼。对男性使用的"君"（くん）和对女性与小孩使用的"酱"（ちゃん），在尊敬程度上都次于"桑"（さん）。

出满足的表情，仿佛在说"就是这个味道"。这样的时刻真叫人高兴。

此时，重要的是存在于两个人之间的细微的"间隔"。这个间隔不是产生于紧张情绪的轻微拉扯，而是出于礼让，出于谦恭待人，气氛宛如不能触碰一般的庄严。也许两人内心的活动是在两个极端。可他们喝的都是咖啡。即使是同好之人，能够通过味觉感受彼此沟通，近邻之间依然会产生紧张感。

我认为略带紧张的气氛产生于对等关系的建立。不论是人生阅历丰富的人，还是刚进入社会的年轻人，在喝咖啡这个行为上是对等的。这个时候，咖啡必须是香醇的。必须要让客人感到这就是他渴求的味道。

各式各样的人都会来咖啡店。有社会名流，也有邻近的人。然而，若咖啡店以"对等"的概念为基础，那么不论何时，不论谁来，都一如平常。没有什么会因为客人的身份而改变。其实这更轻松。正因为是咖啡店所以可以做到。然后，将其融入自己的日常。还有就是，不休店。

无论何时、无论谁来都一样，因为我无从知晓谁会在什么时候推门而入，这也意味着无论在何时对何人，都能够应对自如。如果将这个待客之道融入自己的日常，那么它就不再具有任何特别之处，而变成一件再平常不过的事。换句话说，不做超出日常范围的事情。生活、锻炼、开店、插花、烘焙，把这些都当作每日例行之事来进行。

也许这是一种无为，可以如此理解。几乎所有的事情都是

五

在沉默中进行。平等和对等既不需要表现出来，也不需要特意强调。沉默。诸事皆在沉默中得以实现。也许沉默什么都不会带来，可是有的东西恰好因此而得以实现。沉默不会带来熟客，不会带来咖啡行家，却能够带来对等。

还有一点，我坚持不休店。店一直营业。咖啡店始终在那里，从不拒绝任何人的出现，就像《水之驿站》中滴答落下的水滴。

大坊咖啡店手记

六

《水之驿站》是转形剧场的一部默剧。"水"指的是剧中广场上水龙头流出的水。水一直流淌在这个地方，而人们在此处停住脚步。有的人饮用它，也有的人用它来洗脚。人间百态围绕着水而上演。这部戏不仅是默剧，人物也几乎没有表情。我们的社会需要这样的水。

　　转形剧场是剧作家太田省吾[1]率领的剧团。以默剧《水之驿站》为首，他的"驿站三部曲"（其他两部作品是《地之驿站》《风之驿站》）在世界上受到非常高的评价，在全球二十四个城市一共上演了二百五十次。

　　一般认为，戏剧的特点是"真实"。也许这是因为观众所看到的是站在舞台上的真实存在的人。戏剧落幕，一切又被解体。观众不禁会想，刚才在这里发生的事，究竟是什么呢？戏剧的特点不正是如此吗？可是太田省吾却对此质疑：戏剧的真实是

1　太田省吾（1939—2007），日本剧作家、戏剧导演。代表作除"驿站三部曲"外，还有荣获第22回岸田国士戏剧奖的《小町风传》。

否真的像一般所认为的，能够通过角色扮演获得？

能不能在戏剧中排除一切戏剧性元素。能否丢弃剧情的骨架、摒弃角色设定的概念。这样的舍弃或许能够让真实的"现在"回归此时此地。

生活在现代社会的我们，每个人心中的时间之芯，难道不都是置于超越此时此地的位置吗？从个人感受上来说，就像总是被什么追赶着，把时间之芯放在先于自己半步之处。我们将眼前所见的东西，擦肩而过的事物总结归纳成概念，总是前倾着身子赶路。读一本杂志，上面写了什么很快就忘记了。也许我们根本就没有进行记忆，也称不上遗忘。我们必须要将自己的时间之芯重新放置在此时此地。如此才能够表达出人生之美，不是吗？

《水之驿站》的节奏非常缓慢。戏剧在沉默中展开。舞台中央是开关坏掉的水管。水犹如一条细细的丝线从水龙头流出，发出微弱的声音（避免因水流的强弱而营造出情绪）。人们经过水管，接近水，触摸水，片刻之后转身离开。形形色色的面容来来去去。五分钟走两米是这部戏剧的基本节奏。

这个速度几乎让观众感觉是静止状态。比如演员看见水时的视线，走近水时的视线，和人擦肩而过时的视线，回头看向身后的路时的视线，无不绵延悠长，静若止水。而正是在这种状态之下，人活着的真实姿态被表现得淋漓尽致。时间之芯扎根在现实的土壤。沉默并不只是舞台的形式，它注入个体生命的时间，在其中呼吸。用手掬水的行为并非某种抽象的艺术，也绝不是概念，它体现出生命活在当下的美。

我的兴趣之所以转向像转形剧场那样没有台词的戏剧，也许是出于好奇心，觉得不理解的东西更耐人寻味。我很不擅长看说明性台词如机关枪一般横扫遍地的作品，这是事实。在某部以大师传记为原型的戏剧作品里，登上舞台的叙述者会向台下的观众说明，这里、这里发生了十分感人的事情。这让我目瞪口呆，连感动也要被诱导。因此我的兴趣点自然而然地转移到默剧的方向。

当我一滴一滴地做手冲咖啡的时候，客人必须耐心地等待。刚开始的时候，也许客人对萃取的缓慢速度感到不可思议。随即他们将视线投向咖啡师的手，然后是脸。一切都不带表情。接着，客人的视线再次回到一滴一滴落下的水滴。此时，客人比刚开始的时候更加接近液体滴落的速度。不知不觉间，在客人与咖啡之间，一种默契诞生。伴随着注水的缓慢速度，客人的身体逐渐放松。客人经常在等待的时候打起瞌睡，那是忘却自我的瞬间。不知他们是否回归了各自"此时此地"的时间之芯。

还有一点，在啜饮咖啡的时候，客人和咖啡师站在对预期进行判断的岔路口。客人首先观察咖啡的颜色，然后啜饮一口，再观察咖啡师的表情。客人与咖啡师的眼神稍稍对视，又迅速将视线转移。这时候咖啡师心里想，客人觉得刚才喝下的那一口咖啡好喝吗？而客人在想，我觉得像另一种味道，是不是被他看出来了？过了一会儿，两人的神情回归淡漠。这就是咖啡店里孤独者之间的对话。正因为沉默，更能体会实现后的喜悦。也许说不上是喜悦，而是个人的自由。如此以往，那位客人一定还会再来。虽然不知下一次是何时，但是一定会再来。

　　坚持每天开店的日子里，许久未见的客人的脸会浮现在我的脑海。我会想，最近一直没有见到他们。这样一想，这些人随即出现在店里。也许在同一时期，客人也想着，有段时间没有去大坊咖啡店了，近日去看看吧，所以这并没有什么不可思议的。接着，我索性想想那些希望见到的客人，以为这样他们很快就会来了，结果却并没有。想来也是。想念客人近乎是我的一种习惯。咖啡店会一直等待。

七

开店的时间到了。

虽然咖啡店是九点营业，不过豆子的烘焙是从七点左右开始。到开店的时候已经烘完三四轮。店内缭绕轻薄的烟雾，充满了咖啡豆的香味。太阳从房子东面的窗户照射进来，勾勒出青烟的轮廓。打开照射墙壁的灯光，一幅画从黑暗中显出身影，是画家平野辽的作品《晨间小路》。这幅画本身是一幅笔触暧昧的作品，加上缕缕青烟在室内升腾飘散，让人分不清画中黑与白的边界。不知为什么，这幅画非常适合在春天到夏天的这段时间挂在室内。每年这段时间我都会挂出这幅画。晴天和雨天，它给人的观感有很大的不同。平野辽的作品让我学会去领略绘画在不同的日子带给人的不同观感。不知今天看上去是怎样一番景象。尽管每年我都会挂出这幅画，它陪伴我走过很长的时间，可画中的内容究竟是什么，我却是一知半解。

平野辽有另一幅名为《晨》的画作。这幅画是久留米市美术馆的馆藏作品，很大很壮阔的一幅画。这幅画乍一看让人摸不着头脑，与其说是具象画，倒可以说有半分抽象画的神色。然而，当你在画前驻足观看，画布上的内容便逐渐具体起来。画上是某处村庄的晨间景色。农家的房子和房子附近的森林静谧地沐浴在曚昽的晨曦之中，清晨透明的阳光轻抚着绿意盎然的村庄。很美的一幅画。

虽然《晨间小路》同样十分抽象，却很难判断画中有哪些具象的元素。一直盯着看的话会看到好像是路的部分，可只要一眨眼睛，它又不见了。从画上似乎能模糊地分辨出两条路，一条往左，一条往右。这幅画没有《晨》那般优美，基调是黑白色。在下雨的日子里，画布上仿佛出现一层幽微的金色光芒，看起来和平时的色调不太一样。此时，这幅画展露出的美令人不禁发出一声惊叹。可视线一旦离开画作，再次回到画布上时，刚才的美也随之消失了。这幅画的魅力让人感到不可思议。这也是我喜欢《晨间小路》的原因。

店里放着插花。偶尔我也会做，但基本上是我的妻子在插花。大多数时候都是沿用前一天的花材，加一点巧思重新插过，比如形状修剪小一点，或者换一个花器，加一点别的东西。花枝形状修剪小后，换一个造型再次插入花器中，让人眼前一亮，不失为一件乐事。花器方面，有的时候是花瓶，有的时候是盆、杯子、咖啡壶，能用的都用。

陶艺家们的作品里有很多有意思的物件。有大的有小的，不是作为花器制作的器物也能用来插花。这时候去构思如何搭配是件很有意思的事。花道家们非常擅长这点。就算达不到专业人士的水平，也可以按照自己的风格，不受约束地尽情发挥，带着一颗玩耍之心去踊跃尝试。实际行动之后，再回过头去忐忑。插花很有意思，我有时候也会试着做。我做不好，总是插得不好看。我平时备着花器，插花前会从里面随意挑选一个来使用。我会收集看起来可以用作花器的物件，放在唱片架下面的柜子里。但等我挑选了花器，插好花之后再看，总显得拙劣不堪，看起来很不自然。这时候我会让妻子把它们重新插放。有极少数的情况，我会插得好一些，这时候我选的花器大致都是出自陶艺家金宪镐先生之手。金先生的陶器本身带着几分异色，他的很多东西都展露出某种不协调。可是当随手插一束花进去，技法的拙劣却看不见了。技法的怪异和器物的怪异交织在一起，转化成一种异样之美，让人感到惊喜。这样的时刻令我感到很快乐。

有一次，花道家的栗崎升先生拿了卷丹百合过来。栗崎先生曾经住在咖啡店的附近。卷丹百合是他在庭院里精心培育的，花朵美丽极了。壮实的花茎约三厘米粗，花朵个头硕大，枝头上挂着六七朵大大的花蕾，花枝有两米长，立在店内的架子上会碰到天花板。栗崎先生把花茎剪短，洒脱地摘掉多余的叶子，三两下便在店里插好花，动作干净利落。两枝卷丹百合各插在一只鹤首瓶里，头顶着天花板，耸立在画作两侧，看上去有一种别致的壮观。花支配了店内空间。我每天早上坚持给它们换水剪根。尽管花枝的高度逐渐变矮，可它们每天都会绽放一朵，直到最后一朵花蕾开放。那段时间真是紧张又激动。两枝花到最后都很精神。

还有一次，栗崎升先生拿了小巧玲珑的绶草[1]过来。花是他从六本木走到青山的路上摘的。在大城市的很多地方都能发现绶草的身影。栗崎先生的店"西之木"在六本木，这是一家结合花、酒还有料理的沙龙。向田邦子过去经常去那里。栗崎先生以前总是从店出发，步行至青山。他经常散步，甚至会走路去上野的博物馆。栗崎先生去上野的时候，会顺路去"北山咖啡馆"，他曾给我描述过那家咖啡店。总而言之，那是一家不同寻常的咖啡店，客人的座位上堆放着咖啡豆的大袋子，简直像是一个仓库，栗崎先生这样饶有兴味地向我描绘。在那之后，我去上野的博物馆和美术馆的时候，也会顺路去北山咖啡馆。这家店在某些方面的确不同寻常，比如写着不能把店当作和人碰面的场所，请只带着喝咖啡的目的来店之类的话。店内放着很多艺术大学老师们的雕刻作品。不过我能理解店主，当我向别人介绍这家店时，对方似乎也很欣赏这家店的特立独行。不管怎么说，这家店的出发点是咖啡，况且这里的咖啡非常好喝。咖啡是用陈豆以浓萃取的方法制作的。尽管店里多多少少有些像仓库，但只要咖啡好喝，那就够了。咖啡店真是神奇的空间，不论是像"西之木"那样装饰着精致花朵的店，还是像仓库一样的店，懂得欣赏之人自能找到其享乐之道。

1　绶草，兰科绶草属，中国国家二级保护植物。中国古代第一部诗歌总集《诗经》中，有一首诗《国风·陈风·防有鹊巢》写道"邛有旨鹝，中唐有甓"，鹝指的就是绶草。

"西之木"关店的时候，栗崎先生看起来有些落寞。现在的我深深地体会到他当时的心情。开店的时候，虽然不知道下一位客人是谁，但总是在等待着。一位客人来了，又一位客人来了。花朵为他们送去欢愉。我想，当时的栗崎先生一定很开心吧。他知道怎么享受生活，也擅长于此。正因为这样，我想关店这件事让他更是倍感寂寥。栗崎先生告诉我，绶草又叫作"捩摺草"，曾出现在《万叶集》的诗歌里。后来，每到绶草开花的季节，我看到就会采摘一些。

另外，教我认识山桐子果实的人，也是栗崎先生。秋色渐浓的时节，站在高高的山桐子树下，抬头能看见一串串红色的果实。先找到果实，再辨认树种。至于山桐子树开什么样的花，我并不知道，也无法仅凭树的外形就将其辨认出来。我只会认它的果实。我在明治神宫、代代木公园都发现了山桐子树。捡一串红色的果实，随手放在白色的盘子上，便是一道赏心悦目的景致。插花技术再不好的人也可以做到。

有一位客人每天九点一定会来我的店。这位客人在栗崎先生那里工作，这意味着我连五分钟都不能迟到。不过这样反而让我更自在。以平常心做平常事，最为基本的就是守时。那位客人偶尔会给我带他院子里的花。比如长萼瞿麦、紫斑风铃草，他有时候从院子里正开的花中摘一枝，拿在手中带给我。他真是帮了大忙。小小的花不过是插在花器里，放在屋里的地板上，店内瞬时焕然一新，充满了生气。我想这就是花的生命力吧，越是娇小的花朵，越是散发着盎然的生机。

每天的第一杯咖啡，我都是为这位客人做的。早晨，在烘焙余烟缥缈的店内，阳光透过窗户照射进来，一轮花朵悄然盛开，店内流淌出今天的第一张黑胶唱片。有时候是凯斯·杰瑞[1]的《科隆音乐会》，或者是吉姆·霍尔[2]演奏的《阿兰惠斯协奏曲》（Concierto de Aranjuez），有的时候也会放尼娜·西蒙[3]。店里随手放起音乐后，咖啡开始滴滴答答地落下。早上的第一杯咖啡，如果不格外注意的话，水流容易过大，所以要特别注意放缓注水的速度。渐渐地身体的状态开始收紧，做咖啡的时候一如既往地把控时间的感知慢慢苏醒。做好一杯咖啡之后，身体重新回到放松的状态。为这位客人端上咖啡后，我环视店内，然后看了看瓶中的插花。

　　店里的插花有时候让我尤为在意，但这仅是我个人的主观感受罢了，别人或许不以为意。假设店里现在插着一枝长萼瞿麦，花朵的花瓣边缘像是用剪刀剪碎的细长穗须，飘逸轻盈。

1　凯斯·杰瑞（Keith Jarrett, 1945—　），美国爵士乐与古典乐钢琴家、作曲家。发行于1975年的《科隆音乐会》（The Köln Concert）是杰瑞在科隆歌剧院演出爵士乐钢琴独奏的现场录音，这张唱片也是有史以来最畅销的钢琴演奏唱片。

2　吉姆·霍尔（Jim Hall, 1930—2013），美国著名爵士乐吉他手，作曲和编曲家。

3　尼娜·西蒙（Nina Simone, 1933—2003），美国歌手、作曲家与钢琴演奏家，她创作的歌曲类型包括民谣、爵士、蓝调、R&B、福音音乐、流行乐等。

栗崎先生的庭院里种着这样的花。假设花是插在信乐烧的旅枕花瓶[1]中，因为店里是木板墙，和花瓶非常相衬。然而，这却让我非常在意。我的店不是茶室，这样的插花对咖啡店来说未免有些难为情。插花和店里的装饰搭配得非常协调，很有意境，小小的花朵十分素雅，没有什么值得诟病的地方。将茶室的氛围带到咖啡店，这样的想法我是有的。可总觉得哪里让我心有惭愧，也许稍微偏离一些会更好。茶道插花是绝妙的艺术。尽管我没有学过，谈不上了解，茶室插花使用的花器和花朵有着令人赞叹的素雅娴静之美。不过我卖的是咖啡，来的客人大部分都穿着洋装，用电脑工作，店内放的也是爵士乐。在这样的场景里我更想用金宪镐先生的陶器。金先生的作品并不是带有日常生活感的器具，旅枕花瓶可能要比它们更日常一些。不过，作为咖啡店的花器，而不是茶室的花器，难道不是金先生的作品更适合吗？嗯，这只是我个人的感觉。金先生的陶器中带有的偏离性和偶然性，它们所散发出的不协调之感比起茶道插花所营造的严肃氛围，更适合咖啡店这个空间。当然，在茶室里使用金先生的陶器的人也一定不少，因为肯定也有在茶道中追求偶然性和前卫性的人。我并不觉得自己的店前卫。非要用一个词来概括的话，我希望是"古风"。如果在店里放上金先生的陶器，爵士音乐、窗外车水马龙的嘈杂、宣传车的大喇叭声，一切都因为它的存在而变得有了意义。咖啡的苦也是。我在咖

1　因形似枕头或装经卷的容器而得名。

啡中追求自由，感受自由。我并不是在判定茶室或者茶道插花是不自由的。如果我们把金宪镐先生的陶器冠以"后现代"之名，再增添一层"未知"的含义，那它和咖啡的自由精神便是相得益彰。我呢，我希望把这种自由和偶然性融入咖啡店的日常之中。我每天都在做咖啡，店里每天都要插花，这是我们再朴素不过的日常行为。也许对到店的客人来说，或者在一些人看来，我店里的咖啡和插花有着非日常的一面。也许他们能在这里收获某种偶然性，也许是从金先生的陶器和花中，也许是因为发现了平野辽画作的颜色原来可以如此之美。咖啡店这个场所既不是职场，也不是家庭。把咖啡店当作日常之外的空间而前往的人，也许能够在此收获别样的喜悦。

咖啡店应该是来者不拒的地方。作为开店的人，我并不知道下一位走进来的人是谁。正因如此，花带给人的印象是好还是坏，画会给人怎样的感受，这些我自然是无从得知。每个人偏好的咖啡风味不同，店里在座的客人中，也许有人觉得我的咖啡太苦；也许有人觉得店里的画让人心情阴郁，甚至有人会想立刻转身离开。咖啡店也是来去自由的场所。

八

金宪镐的陶器宇宙

我的小咖啡店不是一家现代的店。要说的话，它看上去很陈旧。咖啡做得很慢。有时候因为太慢了，客人都快要打起盹儿来。在这里，时间流逝的速度和日常不同，是接近入眠的速度。咖啡店可以说是"异空间"吧。在陈旧空间的某个角落，放上金宪镐先生创作的陶器，"异空间"便出现了。因为它是日常生活中我们不曾熟知的东西。人们的目光停顿在它之上："那是用来做什么的？"

　　西胁顺三郎[1]在自己的诗论中谈到破坏固定的事物。自然界之物乃是各种元素在一定的关系基础上结合而成的组织之物。要对其加以破坏。人生，是被抛掷到特定的时代与社会之中，由无数的经验要素根据一定的关系而结合、组织成的经验世界。要对其加以破坏。

1　西胁顺三郎（1894—1982），日本诗人、英文学者，战前现代主义、达达主义、超现实主义运动的中心人物，在20世纪60年代曾九度入选诺贝尔文学奖推荐名单。

谈我创作诗的方法，比如切断组织之物中的固定关系，或改变某部分的位置，或拿掉既存关系构成中的某个要素，或增添新的元素，通过这些方法，为经验世界带去重大的变化。原本在远处的东西拿来放在近处，原本在近处的东西放在远处。原本结合在一起的，让其分裂，原本分裂四散的，使其结合。此时，人生的经验世界将遭受破坏。我借由这股破坏的力量、这股爆发力来转动小小的水车。这可怜的水车所转动的世界，便是我的诗的世界。

这段话写于西胁顺三郎的诗集 *Ambarvalia* 的后记中。我认为他的观点很契合我对金宪镐的陶器的理解，因此摘抄在这里。书中的诗我也摘取一部分写在这里……

（仰天宝石[1]）般的清晨
是谁在门外轻声交谈？
……
这悲哀的历史

1　语出济慈《恩底弥翁》第三卷第 777 诗行 "like an upturn'd gem"，此处化用屠岸版（《恩弟米安》）译诗："一个青年面上带笑容，头上戴珊瑚的冠冕，顿时放光芒，像一块宝石仰天，容貌毕现。"

　　　　　　　　　　　　　大坊咖啡店手记

倚靠在阳台的扶手

……

苍白的物件

塞尚的苹果

蛇的肚皮

万劫不复的时间

被抛弃的乐园里

一块破碎的盘

……

无花果在吃人

……

篱笆的尽头

秋日斜阳下

野葡萄闪烁着

绿色的微光

　　这些诗文透出一抹寂寥之色……同时，词与词之间诞生出
某种难以名状的悸动。让人意外，让人惊叹，仿佛在体内迸溅
出火花。

　　还有这样的句子：

时钟对准两点零三分

老妇发出一阵咳嗽

犹如呼唤梵·高[1]

　　这些诗句的表达在让人感到意外和不解之余，更是令我大开眼界，忍不住咋舌道："这样也行吗？"我仿佛听见有谁在某个地方悄悄地回应了一声"一切皆有可能"，顿时感到心情变得轻盈，如一阵清风拂过，胸腔舒展。西胁先生的世界——在判断诗歌以及别的艺术创作成果是成功还是失败的时候，我根据作品具有的神秘"寂寥之色"的浓淡而决定其价值。寂寥之物，必有其美，事物之美，在其寂寥。于是乎，西胁先生艺术世界的景色显现在我的眼前。也许正因为我看见了那个寂寥的世界，才能对其中的不合常理一举释怀。

　　金宪镐先生的陶器也是如此。第一次见到金先生的陶器时，我感到困惑不解。那是"既有的个人经验世界遭到破坏"时而产生的对异质之物的排斥反应。金宪镐先生在陶器中将异质之物相结合，他的作品在我的世界里引起了一场小型爆炸，可与此同时，这也是迸发在作品和我之间的火花，"噼里噼里"地燃烧着。我小声地嘀咕着："这样也行吗？"倏尔，耳边听见一句细语："一切皆有可能。"如此这般，我开始接受并领悟到金宪镐的艺术世界。

　　尽管我并没有完全理解他们的作品，但是我感觉突然变得

────────────

1　原文为「ゴッホ」，既是画家梵·高（Gogh）的日文名，又可理解为老妇咳嗽的拟声词，有一语双关之意。

"懂"了，就像带着明显的排异感受去接受作品整体。这种感受是瞬间获得的。我很难说清究竟是因为作品接受了我，还是因为我受到作品的牵引，就像"（仰天宝石）般的清晨"。在这之后，我便能够以自由轻松的心情，在这条蜿蜒曲折的道路上，促成未知和理智的对话。金先生的陶器安放在店内的角落，在柱子的阴影里，在台阶之上，在走廊的尽头；放置在任何地方都能观察到它们的存在所引发的小型裂变、破坏和小型爆炸而产生出的火花。可尽管金宪镐的陶器是引发爆炸的真凶，但它总是凛然保持着与所处空间的距离，丝毫没有想要融入其中的模样，也没有对周遭置若罔闻，它只是静谧地伫立在那里。对于物件内含的"无法移动"的矛盾，以及人与物之间的关系，它并不去迎合。它蕴含着某种冷漠，物对空间的清廉（我很欣赏这一点），带着物件本身的孤独和寂寥，静静地伫立着。不知不觉间，一阵清风吹过，"在过往之中组织建立起来的经验世界"开始发生转变。寂寥的世界随之显影。在店内的角落，在柱子投掷下的阴影里，在台阶之上，在走廊中，硝烟的薄雾开始弥散，诗的空间在静谧之中展露出它的面貌，"这小小的可怜的水车正在转动"。

观赏者、物件和空间三者的关系，在制作者听起来也许会觉得是过度解读。

"忍不住笑了出来。"

"那就笑出来吧。"

面对某位女性的感想，金先生笑着回应道。或许他的态度会让一部分人感到失望，可是金先生的回应似乎映射出他是有意让作品保留某种"异样",如果没有了它,一切都是白费。也许对作为创作者的他本人来说,作品的异样也是意料之外的事。带有这样特质的东西一件又一件地从他的双手中诞生,他孜孜不倦地进行着创作。从这些作品中能够感受到他的认真和专注,仿佛也能够看到他淡漠自如的样子,好似在开玩笑道:一切皆有可能,不过我的作品只能从我的手中出现。就像金太郎糖[1]一般,不论切多少片,都能看到金宪镐的身影,这其中的奥秘,我想就在这里吧。这么一想,竟有点让人不爽……

　　旅人啊　请停下你的脚步

　　在这幽暗的泉水边

　　在你湿润舌尖之前

　　请思考吧　人生的旅人

　　汝等不过是

　　从岩缝深处渗出的水之精灵

　　这思考的泉水不会一直流淌

　　终有一刻　它将在永恒中走向干涸的命运

　　啊　松鸦真吵闹

1　金太郎糖是日本江户时代流行的一种糖果。将各种花色的糖搓成条状,并以预想中的设计糅合在一起呈筒状,然后再次拉伸后横向切成粒。每个糖粒的横断面都呈现出金太郎的头像。现在金太郎糖已延伸出了花朵、水果、文字等多种图案。

时不时

水中浮现出幻影

一位穿戴花朵的人

在幻梦之中

渴求着永恒的生命

他朝这生命流逝的溪流

抛掷他的希冀

可终究坠入

万劫不复的断崖

现实之下

他祈求能够逃离消失的命运

幻影的河童如是说

它爬上岸

来到村庄和小镇中嬉戏

此时浮云落影

水草生长

（摘自《旅人不归》）

　　西胁顺三郎的诗歌里有许多我不懂的地方，然而我喜欢它们的原因恰恰是因为它们让我明白不懂是正常的。他的诗歌把通常并无关联的事物联结到一起，抑或切断事物之间已有的关联。作者的思考随着忽然浮现的思绪肆意飞舞，读的人很难明白。我甚至把它理解为人在散步时，在脑海中浮现又转瞬消失的思考，一种脑髓散步的记录。从这个角度来看，别人脑中的思考是很难理解的，自己的思考对别人来说也是如此。每个人都是如此。尽管每个人的脑髓散步记录各有千秋，但我们的思绪都在某个地方漫游。就我个人而言，我期待着这样的人推开咖啡店的门。

在《西胁顺三郎对谈集》中，吉田精一评价西胁的诗歌"哪怕是爱好诗歌的人，恐怕也无法完全理解"。对此，西胁回应道："嗯，没错，我的诗歌让人觉得读不懂，需要解释。但芭蕉的俳句不也无法完全读懂吗？如果没有特别说明，就很难理解诗句的前后关系。"他接着反复强调"放在那个时代，芭蕉的诗句是杰作，'读不懂'就是这回事"。

在随笔集《蓟之衣》中，他写道：

> 以下仅是我个人的看法。诗歌以及艺术并不具有任何文化价值，也无法被赋予伦理上的价值。艺术的目的不过是为了制造某种神经系统的快感。（中略）比如说，我试图通过写诗来获取某种艺术上的快感，可是这快感大抵是很难传达给他人的。我个人倾向于通过制造无法从理论去解释的思考来获取快感。
> 艺术的快感是非常神秘的。它无法用科学和宗教去解释，它是人能感知到的一种关系。艺术象征着人类生命的神秘性。这种神秘性好比将事物之间的相似性和差异性联结起来的关系，或是同时存在于圆圈中心和边缘的关系，甚至是联结有的世界和无的世界的关系，联结时间和永恒的关系。

诗歌的直接目的是产生快感。

读到诗人的这些话，难道不会认为读不懂其实是一件无比美妙的事情吗？西胁在诗集《旅人不归》的前言中写有这样一段话：

> 我将自我拆分开来审视。在我的内部，存在着理性的世界、情感的世界、感性的世界、肉体的世界。这些大体能够被归类为理性的世界和自然的世界。
>
> 此外，在我的内部潜藏着不同的人。首先有近代人和原始人。前者的表现形式为近代科学、哲学、宗教、文学艺术。后者则通过原始文化研究、民俗学而展现身影。
>
> 可是，还有另外一个人潜藏在我的内部。它来自生命的神秘、永恒宇宙的神秘，它无法用通常的理性和情感去诠释，它是难以解释之人。
>
> 我把它称为自我的"幻影之人"，我把它理解为永远的旅人。
>
> 这位"幻影之人"在自我存在的某个瞬间忽然到访，随之消散不见。这个人身上奇迹般地保留着"原始人"诞生之前的亘古记忆。那是接近永恒世界的人类的回忆。

读到这段文字的时候，我从潜藏在任何人内部的"幻影之人"身上看到了真实。人类的共通之处，原来在这里。

抱歉，我一直在引用西胁先生的话。最后我再从对谈集《我的诗学》中摘选一段，与君共勉。

> "哀愁大体是对人生的哀愁。人之存在本身即是哀愁。""最彻底的哀愁乃人终有一死。我认为这大概就是哀愁的根源之所在。""面对哀愁，人要怎么办？喝酒，喧闹。谐谑亦能带来慰藉。""哀愁愈是强烈，人愈是渴望谐谑。""渴望谐谑亦是渴望哀愁。也许这是悖论，但亦可言之。""我认为渴望哀愁乃人类的一大素养。""就像渴望美。"……

富士山脚下有着开阔的斜坡，衬托着它的雄伟。那里生长着一片森林。森林里有一家叫"Nanorium"（ナノリウム）的画廊。今年8月的时候，这里举办了金宪镐的陶艺展。

我不禁好奇为什么要在深山里开一间画廊。究竟谁会到这个地方来？在不见人烟的森林深处，人得以远离现实世界，回归单纯的个体状态。看来有不少人在找寻这样的空间。画廊的熟客多到令我惊讶。很多人是抱着短暂出游的目的来此看展览。我自己也是这样。

我坐在画廊的桌边喝茶。周围的森林和金先生个性十足的茶碗在一起，显得毫不突兀，很有意思。这时我忽然想起了曾经在金先生工作室的时光。工作室的外观看上去也是东拼西凑的模样，一间不断上演着分裂和增殖的奇妙建筑。我在那里喝了蒲公英咖啡。咖啡杯和咖啡壶都是金先生自己的作品，咖啡和蛋糕是自家手工做的。每一件东西都散发出自己独特的气场，全部放在桌上却生出一种不可思议的和谐。金先生的作品被放在一起的时候，会莫名产生和谐的关系；如果放在家里也会和场所产生一种和谐的关系。另外我还听到过这样的形容：金先生的作品放在家中整体会变得静谧，经常被形容是静物。不只是作品物件本身的静谧，放置的空间内也会平添几分静谧。这种静谧既不是动物所具备的，也不是植物所带有的。我感觉金先生的作品好似带有一种更加独特更加难以言说的静谧。

我想，也许这种静谧乃是一种本源性的品质，也就是情感。它和我们在日常生活中感受到的情感在本质上没有不同，但它隐藏在我们内心深处，是难以名状却能和他人产生共鸣的一种共通的情感。这种品质和金先生的陶器之间有着奇妙的联结。

金先生一定比谁都更加坦率地对待他的工作。涌现出的创作乃是本真的自然。随之再将其剥离出来，付之于形，送向远方。至于能够走多远，这取决于艺术家和自然之间的较量。在这个过程中，金先生所倾注的全身心的坦率让他的作品蕴藏着本源性的品质。也许可将其称为感情内核。人在专注的时候自然流露出的东西，是他人无法效仿的。在任何时候都能保持完全的坦率，我认为这是一种特殊的才华。然而，难道不是任何人的身上都携带有这样的品质吗？只不过仅凭自己的力量很难发现，需要通过别的东西或者事物被激发出来，产生呼应。此时方能感受到犹如创作者和观者产生共鸣时感受到的内心宁静。当埋藏在内心深处的情感被重新唤起，与他者共鸣而产生的抒情随之诞生（这也就是西胁顺三郎所主张的"幻影之人""永恒的旅人"）。

在夏季炎热的 8 月，我做了另一次短途旅行——前往位于富士山反方向的，千叶县佐仓市的 DIC 川村纪念美术馆。我是为了去看塞·托姆布雷[1]的展览。尽管当时正处于最炎热的季节，美术馆位置也比较远，可我毅然决定前去。正好在一年前，也是酷暑的 8 月，金先生邀请我一同去看塞·托姆布雷的展览，那是我第一次接触这位画家。当时在品川的原美术馆，金先生告诉我这是他喜欢的艺术家之一。我在没有任何知识储备的情况下去看了展览，那时我关掉咖啡店已经有一年半的时间，对我这个闲人来说，受到金先生的邀请万分感激。也许因为这样的消遣方式使我心情愉悦，我和塞·托姆布雷的第一次邂逅十分美好。

走进展览入口处的第一个展厅，些许逼仄的房间里站了很多人。我站在拥挤的人堆里，歪着脑袋才终于成功亲眼看到塞·托姆布雷的画。他的作品是我难以理解的当代艺术。有的看起来像是只画了线条，有的只是点上了圆点。馆内的观众逐渐变得越来越少，最后只有我一个人留了下来。在没有了任何

1　塞·托姆布雷（Cy Twombly，1928—2011），美国著名抽象派艺术大师。创作风格集抽象表现主义、极简和波普艺术于一身。曾被《纽约时报》誉为"20 世纪最伟大当代艺术家之一"。

遮挡物的环境下，我再一次面对展厅里的作品。此时进入我视线的，不再是画笔下的线条和点，而是画布上的留白。其实留白占了画面大部分的面积。我感到越来越平静、惬意，心情变得轻盈起来，也许因为那些未经画笔指染的大面积留白吧。这点想来和咖啡很类似。客人在休憩的时候走进咖啡店，喝下第一口咖啡时的那种心情……这样形容也许会被人笑话。墙上的画作仿佛在对我说着"不需要胡思乱想……"

我的咖啡里没有任何想要传达的信息，只要能够让客人感到放松便足够。仿佛一直存在于我内心的想法被说了出来，我感觉自己听见了画的声音。那一瞬间，我如释重负，眼前的绘画从需要去解读意义的晦涩艺术品变成了宛若亲密友人般的存在，只是身在那里就足以代替千言万语。

也许是因为画作上有丰富的留白，我才会油然而生这样的心境吧。也许和留白与线条之间的平衡也有关系。在这之后，我在身心放松的状态下看完了所有展厅的作品。我意识到自己不过是一介无名之辈，但也可以扮演任何角色，这让我感到一种畅快的自由。展厅里有很多年轻人，有情侣、结伴而来的友人，还有独自来看展的人，他们的模样让我觉得十分可爱。我的脑子里出现不着调的想法，也许我是在场年纪最大的。我感到胸襟变得开阔，仿佛可以接受所有的事物。轻松自由的心情使我的感官能够自由自在地遨游穿梭于作品之间。有的作品看一眼就能有所感受，有的作品需要反复调整角度去体会，有的作品我尝试从画中相反的方向去观看，像是爵士乐中的即兴演奏，又如同拳击中的对打。原来观众和艺术还有这样的互动方式。

以往我较多体会到的是这样的情况：拼命地凝视眼前的作品，绞尽脑汁地揣摩它要表达的含义，直到大脑的感性开关自动切换状态，也许只不过因为注意力已经达到极限而疲惫。此时，我开始认为什么都不想才是最好的（就像紧绷的绳索突然断裂，心里的紧张感顿时消失，变得轻盈，这种快感令人舒畅）。

那天我在第一个展厅里便有了上述的感受。无论获得这种感受所需要的时间长还是短，它都是由作品带给观众的。现在回想起来，也许是人的本质里存在着共通的抒情性，而抒情性的共鸣让人的心灵如释重负，变得轻盈。我在 Nanorium 画廊里感受到金先生的作品能够为家的空间增添清寂，在原美术馆举行的塞·托姆布雷展的作品中体会到了深沉的抒情。也许两次体验之间存在着某种关联。

以前，我总是踟蹰于是否要去川村美术馆。这次我决定去验证我的推论。好像是有谁在背后推了我一把，让我做出这个决定。

川村美术馆最有名的莲池已经过了最佳观赏季节，池里已不见花朵。我想起之前来的时候，入口处插着一枝莲花。尽管池中没有莲花，宽阔的水池依然显得悠然而宁静，对于无所事事的闲人来说，这里和富士山的 Nanorium 画廊一样，都是愉快的短期旅途目的地。

这一次，塞·托姆布雷的作品带给我的感受和之前在原美术馆观看的时候相同。虽然展出的作品不一样，但是我收获的是同样的心境。我和之前一样，抱着仿佛从桎梏中解放出来的开放心态，观赏着塞·托姆布雷的作品。在主展厅的硕大房间里，挂着上百张照片。我很享受观看别的展厅里展出的草图、绘画和版画，但是对摄影没有什么兴趣。不过摄影好像是这个房间的主题，我认真地把每一件都看完了。转过头的时候看到房间正中央的位置放着三件雕塑作品。我才想起来这次的展览的确有雕塑展出，便动身走向它们。当时我可能有些疲惫，我听见雕塑对我说了一声"哟"。语气很亲密。我也朝它们回了一声"哟"。展出的雕塑都是很抽象的作品。不过，与其说是抽象作品，看起来就是沉重的块状物，分不清材质是石头、混凝土，还是青铜。其实是青铜和涂料，只不过几乎无法辨认。这些雕塑让我感到一种相知已久的熟悉，仿佛是我的几位旧友。也许这是挂在墙上的平面作品与放置在地面上的立体作品之间存在的区别。当我们观看挂在墙上的作品的时候，通过视线和画框中照片里的世界建立联系，而雕塑作品却带有和观赏者共处同一空间的亲密。也许有的人会更进一步，产生出作品背后的创作者和自己重叠在一起的亲密体感，诸如此类。这样的感受不是和金先生的作品一样吗？自己和作品共处于同一个空间的体验让我更能和作品产生共鸣。顿时内心充满喜悦。

我的脑海中再次浮现出那句话："金先生的作品会让家的空间整体变得静谧如禅。"

假若有一条路通向人本源性的抒情，我想任何人都能找到启程的入口。人这种生物奇迹般地保留着这份抒情的根源，尽管在现实中每个人的具体体验不尽相同，但我认为也许这就是人与人之间的共通之处。观赏者之所以能与作品产生共鸣，也许正因为作品是艺术家直白的情感表达，因此观赏者在面对作品的时候，埋藏在内心深处的类似的情感之弦才会在不经意间受到撩拨而奏响。哪怕它和原本的自我经验是完全不一样的感受。当一个人能够率直地表露他的情感，这个人便是值得信任的。还有一点，单是和作品共处在同一空间，便能自然地感受到空间关系所带来的亲密感。只是和作品共处在同一空间就能获得某种安宁。

好比当我把西胁顺三郎诗歌里难以理解的部分当作理所当然的事实去接受，顿时感到内心如释重负。面对金宪镐先生创作的造型奇异的作品、塞·托姆布雷晦涩的抽象作品，我将"看不懂"当成一件自然的事，拥抱任何的可能性。此时，作者们仿佛瞬间变成我的亲密无间的好友，好像我们彼此在内心某处共享着同样的感受，一种所有人都具有的本源的感受。如果每个人都具备这样的品质，那么我和他都能够对彼此报以对等的尊重。总之，我认为人和人最终能够做到理解彼此。

客人在沉默中喝完咖啡，起身离开，我们不了解彼此是很自然的事情，但我认为在某个时刻，我们会成为相互理解、共享空间的亲密伙伴。

九
寻找平野辽

我第一次知道平野辽这位画家是通过借给我《台阶上的群像》这幅画的咖啡店熟客。我记得当时店最里面的墙上什么都没有装饰，就连花也没有摆。那位客人向我提议："您不觉得那面墙上挂上一幅画会更好吗？不介意的话，我把我的藏品借给您挂上去。"多么令人欣慰的建议。从那时起，画开始出现在店里的墙上，渐渐演变成店里没有一天是不挂画的。有时候那位客人会带来新的画作为替换。有一次挂上的是平野辽的作品。

　　《台阶上的群像》画的是台阶上的几位女性，有的怀抱着婴儿站在台阶下面，有的在台阶上向远处走去。年轻女孩们在台阶上，而朝着远处离去的女性们看上去年纪比较大。某种意义上可以说这幅画是女性一生的缩影。而我喜欢这幅画的原因并不是因为它表现了人物某一瞬间的姿态，而是它展现出运动中的状态，这让画看上去仿佛带着生命的颤动。那之后，我开始去各地的画廊看平野辽的展览。

　　很多年后（1990 年），东京中央美术馆举办了大规模的平野辽个展。展出了许多包括旧作在内的作品。这对于刚认识这位画家的我来说，是一次了解他绘画生涯的绝佳机会。那次展览上展出的大量新作让我大开眼界，尤其是抽象的绘画作品。画作好像涌动着朝我靠近。不知为何，我竟有几分觉得画布上描绘的是我个人的内心世界，是我无法对他人言说的内在精神。我这个人完全没有任何的美学素养，也无从理解抽象艺术。尽管我对此一窍不通，却感觉好似受到了某种威胁，这种威胁来自画中正张口呼吸的、涌动着的某种东西。

当时，平野先生本人也在展厅。我没多想，上前去跟他搭话："有一点问题想请教您。"可我究竟想问什么呢，是想问画上出现的东西究竟是什么吗？我的大脑陷入一片混乱，想不出下一句该说什么。此时，平野先生主动接过话头，提高音量，恳切地对我说："您请问，问什么都行。""我有问题想请教您……但我需要好好想一想……改日再向您讨教。"在他强大的气场面前，我临阵退缩了。那个瞬间是我第一次，也是最后一次见到平野辽。

1992 年 11 月，平野辽去世，享年六十五岁。在他去世后，我想向他讨教的心情一天比一天迫切。观看平野辽的绘画所感受到的那种真实，似乎是沉积在人内心深处的原初面貌，最贴近艺术家作为人的姿态。与其说我是在欣赏艺术，不如说我更想靠近平野这个人，他的人生、他的思想。在此欲求的驱使下，我决定去参观他的画室。

我去了位于北九州小仓的森建筑事务所拜访。从平野辽创作的早期开始，森光世先生便是他的理解者，也是作品的藏家。在事务所里摆放着平野的画作《雪融化时的蓝色》。这是他早期的代表作。

1949 年 新制作派协会展出展

1951 年 自由美术家协会展出展

1957 年 于东京·南画廊举办首次个展

1958 年 加入自由美术家协会

1961 年 于东京·梦土画廊举办个展

1964 年 退出自由美术家协会。成为主体美术协会创始成员

1965 年 于福冈·film 画廊举办个展

1967 年 于北九州市立八幡美术馆举办"平野辽二十年展"

1975 年 退出主体美术协会

1977 年 出版《平野辽自选画集》(小学馆)

1978 年 分别于东京、大阪、名古屋的日动沙龙和日动画廊举办个展

1983 年 出版画文集《沙漠的热风》(汤川书房)

1986 年 举办平野辽的世界展(池田 20 世纪美术馆)

1987 年 举办平野辽的世界展(北九州市立美术馆)

1988 年 出版画文集《行道树下》(光 art 出版社)

1990 年 举办平野辽展"宇宙的韵律"(东京中央美术馆)

1991 年 举办平野辽展(下关市立美术馆)

大坊：森先生您觉得平野的绘画作品的魅力是什么呢？

森：深挖人的内心。

大坊：您是指作品内含的暴力性吗？

森：并不是……平野先生不用语言表达。可是看他的画，却有种被攥住的感觉。

大坊：对您来说，具体是怎样的感觉呢？

森：有时候我感觉自己被紧紧地勒住，有时候又感觉像手突然松开时的释放。也许因为我俩都是三四十岁的同代人，都还在思索如何度过自己的人生，该怎么去表达。

森先生所说的"被攥住的感觉"，也许和我在中央美术馆感受到的那种内心被攥住的感觉是一样的。在拜访完森先生之后，我紧接着动身前往平野辽在小仓市的画室，在那里见到了他的夫人平野清子女士。

大坊：不用语言表达，是什么意思呢？

清子：他平常都是这样，话很少。什么都不说。可他希望听到别人的意见，如果一言不发的话，他会生气。

大坊：我以为《雪融化时的蓝色》这幅画会更大。

清子：我也觉得有一些偏小。不过那幅画是在从别人那里临时借来的房间里画的。当时的情景我印象很深。大雪簌簌落下，厚厚地堆在地上，雪桩参差不齐地立着，这幅画画的是当时的美。

大坊：《雪融化时的蓝色》是艺术界认可平野先生的契

机吗?

清子：在它之前，他画的都是小品。外界对他的评价也是只画小品的画家。这幅画受到肯定，对他来说一定很开心吧。

大坊：和泷口修造[1]的相遇也是一个契机吧?

清子：是的。这幅画第一次公开展出是在南画廊。他当时因为没钱买绘画工具，画的是蜡画。当时最大的画幅也就20号[2]左右。

这位艺术家的创作方法，恐怕不是从一开始便去追求自己预设的某个主题的具象表达，而是通过在画布上反复地涂抹、刮擦，一步一步地去捕捉作品显现出的形象。然而，一幅画的诞生并不单是依靠偶然性，恰恰是因为艺术家心中的意象只能通过此种方式去捕捉。这种方式乍一看显得缓慢、迂回，可艺术家却以此为杖，源源不断地创作出震慑人心的作品。的确，这是沉默的艺术，可它却联结着宛如表象文字般的意象。（节选自《美术手帖》1959年8月刊中泷口修造的展评）

---

1 泷口修造（1903—1979），日本现代艺术评论家、诗人、画家，日本超现实主义艺术理论的重要推介者。

2 油画画布的一种型号，按画面内容不同又分为F（人物型）、P（风景型）和M（海景型）三种型号，日本尺寸与国际标准（法国尺寸）略有不同，20号画布的长边为72.7厘米。

这是对三十二岁的平野辽的评价。

位于北九州小仓北区的平野辽画室，在清子夫人的维护下保持着画家生前的样子。我踏进画室的那一刻受到了震撼。房间里散发出强烈的创作气息。画架上放着画了一半的画，随意放置的画笔，用了很久的调色盘，画家的自画像，宛如一个战场。还有数不清的藏书、CD 唱片。

清子：这个家是森光世先生设计的，画室里有一扇天井，有障子[1]。可他却说"光线不适合我"，把这些都拆了。

大坊：不让外面的光照进来吗？

清子：有的时候他会把室内的光调暗，把灯对准画布作画。

大坊：佛坛上方的那幅《行走的人》让我想到贾科梅蒂[2]。

清子：那幅画一直放在家里。我想把它放在那个地方。画中的人物微微倾斜着上半身，他阔步行走的样子很像平野本人。

大坊：我想了解画室是怎样的一番景象。您可以描述一下平野先生的一天吗？

清子：他早上起床后第一件事是洗澡。简单地吃过早饭后，

1　障子，一种在日式房屋之中作为分隔空间使用的可拉式糊纸木制窗门。

2　阿尔伯托·贾科梅蒂（Alberto Giacometti, 1901—1966），瑞士雕塑家。

他会喝一杯抹茶。之后开始工作。上午是画大作品。午休之后开始小品的创作，一直到下午三点。三点他一定会喝茶。傍晚的时候开始素描的绘画。

大坊：他创作的时候经常听音乐吗？

清子：他总放着CD。贝多芬的弦乐四重奏、马勒、巴赫的马太受难曲，每天的心情不同，放的音乐也不一样。他画画的时候我很少进画室，不过我从外面听见他放的音乐就能明白他当下是什么心情，今天的状态很亢奋，今天的心情不错，今天的创作进展得很顺利，诸如此类。

大坊：因为平野先生不允许画画的时候有人进入画室吗？

清子：他并没有说过不想被人打扰之类的话。有时候我担心他的身体状况，会悄悄地看一眼画室里他的背影，来确认他的状态。

大坊：一定会听着音乐……

清子：没错。不过在画素描的时候不一定都在听音乐。画油画的时候，总是这样……

大坊：我可以听一下吗？

清子：当然。

我播放了贝多芬的弦乐四重奏。音乐流淌而出的一瞬间，自画像发出一阵颤抖，抽象画开始左右摇摆。平野先生的灵魂如同决堤的洪水，倾泻而出，冲击着整个房间。

在房间一隅的墙上，钉着小林秀雄[1]的话。

视力遂转化为理论的力量
亦是思考的力量
艺术家必须抱有此等觉悟

先生是在自己视力衰退之际，奋笔疾书下这些话的吗？

清子：能够画自己想画的画，被喜欢的书籍和音乐包围……他经常把这句话挂在嘴边。虽然他在学校只念到了高中，可他总爱读一些晦涩的书。

房间的书架上放着兰波、波德莱尔（房间的墙上挂着这两位作家的肖像），还放着陀思妥耶夫斯基，有关宗教的书，哲学的书，还有西胁顺三郎的书。

清子：虽然一直知道西胁顺三郎是他喜欢的作家，我却没有好好读过。他在临终前让我把西胁的书拿给他。等我拿到病房，他还没打开书就走了。等后来我读了西胁先生的文字，

1　小林秀雄（1902—1983），日本作家与文艺评论家。毕业于东京帝国大学文学部法文科；是确立日本文艺评论界的灵魂人物，影响了后来大多数的文艺评论家。

接触到其中的抽象世界，才似乎明白了为什么当初平野会喜欢它们。

大坊：您是怎样的感觉呢？

清子：很难用语言去形容。说不上为什么有那样的感觉。平野去世后，有一天我一个人走在大楼的一侧。地面上一半明亮得晃眼，一半笼罩在建筑的阴影里。我站在亮处，刹那间难以名状的孤独朝我袭来。一种无法诉诸于任何人的落寞、孤独。在那一瞬间我好像明白了，原来平野他在作品中描绘的是这样的孤独感。

大坊：您是在读过西胁先生的诗歌之后才产生了此番感受的吗？

清子：是的。所以我说的他喜欢的理由也许是这个吧。

大坊：夫人您一直念念不忘地思考着平野先生的创作。

清子：他经常自言自语地说"孤独、孤独"，我一直不能理解。他没有亲人，而我却有很多亲人在身边。我总觉得他很强大，他的强大甚至让我感到不可思议。我有很多兄弟姐妹、亲朋好友，可他在世的时候却对结交朋友这件事很抗拒。他选择对别人关闭心门，因为在他看来，绘画是孤独的创作。他批判那些呼朋唤友的画家。所以我才会感叹他有十分强大的内心。他的交谈对象只有我。

平野的话

美术大学，对我这样的不幸之人简直是天方夜谭。我的父亲是个烂醉如泥的酒鬼。我对母亲没有印象，因为她在我三岁的时候死了。我十三岁的时候，那一年我小学毕业，马上要升上初中，我的父亲死了。之后我只能投靠我的姐姐。我有三个姐姐，两个哥哥，家中我最小。有一个哥哥死在了战场上，另一个哥哥也当了兵，从战场回来后生了病，很快就死了。姐姐只有一个还活着，可她是嫁出去的人。在我童年的时候，家中没有父母，也没有兄弟姐妹。在这样一个家庭，我的哥哥姐姐们因为受不了父亲，纷纷离开，从此四散天涯。我因为年纪最小，只能留在这个家里。真的太孤单了。父亲每晚都在外买醉，彻夜不归。我选择一心扑在画画上。我小学二年级的时候，接触到《少年俱乐部》这本杂志，开始临摹杂志里插画画家的画。在小学三年级的时候，第一次尝试了水墨画。当父亲喝得烂醉如泥回家的时候，我会悄悄地偷五十钱银币，然后去旧书店买绘画书籍。我买了一本《水墨画的绘画方法》，作者是一位叫作武藤夜舟的人。我在读这本书的时候，认识了四君子，也记住了鸟的画法。现在回想起这段经历，不免感到阴霾笼罩。首先，我从来没有过普通的童年，如果我有一幅画当天没完，第二天就继续画，这时我会逃课。我等父亲出门，然后将门反锁，一直画到天黑。（节选自 1986 年 12 月号《美术之窗》，平野与一井建二的对谈）

大坊：平野先生从小学的时候开始就总是一个人。他在随笔里提到，当时虽然很孤单，但因为痴迷于画画，人生才没有走上歧途。

清子：是的，他常提起这点。每次学校组织郊游和运动会，别的同学身上都充满了家庭的温暖。这种时候他是不去的。他把自己关在家里。他天真地以为老师会来接他，于是把门锁上，闷在家里画画。

大坊：从那时起他就是孑然一身。虽然不能说是自闭，但他对外界是抗拒的。

清子：是的。

大坊：如果可以的话，我希望多了解些这方面的事情……

清子：好的。他的父亲是位匠人，嗜酒，很少回家。台风来的时候他总是一个人在家，害怕极了。我们刚结婚的那段时间，他一听到台风要来仍旧很害怕。现在想来，他一直受困于童年的经历。我家兄弟姐妹很多，台风要来时大家都兴奋激动得不行。对我来说，台风是第二天早上就会消失的东西。可是他对此却非常的恐惧，一听到台风要来，立刻对我说"快逃"。

大坊：他想逃到哪里去呢？

清子：他说"逃到远方"。可当时我们只有七千日元[1]的存款。他对我说："把钱全部取出来。"

大坊：你们真的逃了吗？

清子：逃了。当时去了冈山，借宿在别人家里，之后才回

1　在今天相当于大约 350 元人民币。

来的。我们搬到现在这个家之后，台风一来，他还是会说快逃之类的话。我倒是觉得画也放在这里，应该保护这个家。可他还是会对我说，"我们去酒店避一避吧"，因为他觉得酒店的建筑更结实。

大坊：童年的恐惧留下了阴影……

清子：哪怕他感到害怕，身边也没有人可以依靠。也许他从小就有这样的恐惧吧。

大坊：平野在少年时期沉迷于绘画，也许他爱上绘画是因为绘画是在独处时可以做的事情。因为必须找到承受的方法，承受寂寞、孤独、恐惧，所以他选择画画。那个时候所感受到的强烈的孤独感在他心里划下很深的痕迹，就算他精神上熬了过来，但当他凝望自己内心的时候，目光中始终留存着孤独的印记。

清子：恐惧一直存在于他的心中。

大坊：也许他恐惧的是自己会被诸如台风这样的事物所摧毁。

清子：在他刚进入画坛时，有人评价他的画"一味地表现自己的悲伤和困境"。那以后，他慢慢调整心境，随着自身的成长，他的视野变得更加开阔。他尝试去捕捉个人的悲伤和痛苦之外的东西。

大坊：他的笔触既有粗犷浓重的部分，也有细腻轻柔的地方。那些细腻的线条上仿佛映着他小时候一个人蜷缩着小小的身躯坐在画布前的样子。

清子：他小时候喜欢待在狭小的房间里。换成大的画室后，他也一定会在里面分出一块狭小的空间。童年的影子一直伴随着他。

大坊：比如怎样做呢?

清子：这里摆两个画架围着，桌子放在里面。总之一定会隔出一个小的空间。可能他喜欢在紧缩狭窄的空间里进行思考吧。当他画主题沉重的作品的时候也一定是这样……他不希望别人贸然闯进来。

1927 年 零岁　出生于大分县。搬家至福冈县八幡市。

1930 年 三岁　母亲去世。搬家至户畑市。

1933 年 六岁　就读于户畑市泽见寻常小学 [1]。

1939 年 十二岁　户畑男子高等小学 [2] 毕业。

1940 年 十三岁　父亲去世。收到征用令 [3]，作为征用工进入若松造船厂工作。

1　寻常小学，日本明治时期设置的普通小学，对满六岁的儿童实施义务制初等普通教育，学制初为四年，后改为六年。1941 年改称"国民学校初等科"。

2　高等小学，明治维新至第二次世界大战前存在于日本的初级教育后期、中等教育初期的教育机关，大致相当于现在的中学一年级、二年级。

3　征用令，在战争等情况下国家强制性地动员国民，让其从事兵役以外的一定工作。

1943 年 十六岁　以征用工的身份开始宿舍生活。偶尔离开出勤列队回到宿舍，终日作画。

1944 年 十七岁　进入久留米西部五十一部队，成为现役野战通信兵。

1945 年 十八岁　离队。寄宿在小仓市鱼町的一家肖像画教室。

1947 年 二十岁　在南小仓的公寓楼过租房生活。醉心于德拉克洛瓦[1]的日记和波德莱尔的作品。

1948 年 二十一岁　在福冈县远贺郡芦屋町的美军基地图书馆工作，负责海报绘画。

1949 年 二十二岁　赴东京。蜡画《山民》首次入选第十三届新制作派协会展。成为位于东京九段下的美军上校专属俱乐部 Norton Hall（音）的海报画师。回到九州。

1950 年 二十三岁　再次赴东京。辗转寄宿在熟人的家中，过着白天上素描课，夜晚在酒吧画肖像画为生的生活。之后回到九州，在小仓的 PX 画廊从事橱窗装饰的工作。在此结识"水野古美术店"店主水野茂的次女水野清子。

1　德拉克洛瓦（Eugène Delacroix，1798—1863），法国画家，浪漫主义画派的代表人物，著名画作如《自由引导人民》。

1951 年 二十四岁　辗转于福冈市、九州南部、中津等地。为朝鲜战争的驻扎美军画肖像画。

1952 年 二十五岁　再次赴东京。偶尔收到水野清子寄来的补贴。

1953 年 二十六岁　《素描》《沉睡的家》出展第三届关西自由美术展，获得土井奖。《白色之家》《兄弟》出展第十七届自由美术家协会展，获得优秀艺术家奖。

1954 年 二十七岁　与水野清子结婚。在小仓市过着租房生活，晚上画肖像画维持生计。

清子：我的父亲只是个卖古董的。战后，小仓只有两三家古董商店。百货店被美军收管后变成了他们专用的商店，当时叫ＰＸ。有人问我们要不要在里面开一家古董店，于是才去的。我是在那里看店的时候认识他的。那个时候在从朝鲜战场回来的美军士兵之间，很流行把恋人或者父母的样子画在丝绸上，作为纪念礼物带回国。我们的店里也提供肖像画服务。平野是画师之一……还有别的画师也在承接肖像画的工作，可是每次平野的画都会被退回来。因为画得太逼真了，色彩也是……所以总赚不到钱。

大坊：那时候的平野先生是怎样的呢？

清子：那时候他几乎不说话。虽然在ＰＸ画绢画和肖像画，但工资一攒够他就辞职了。

大坊：攒够钱就去东京？

清子：是的。虽然他平时沉默寡言，可我们第一次见面过后没多久，他送给我一首写在草稿纸上的诗，题目叫《羊的呕吐物》。我读过之后感触很深。那时正是美军占领日本的时期，日本人的处境犹如羔羊一般。平野可能和我有过类似的感受，都曾被移民二代说过的话恶心得反胃。所以那首诗让我深感共鸣。我是从诗歌开始认识他的，而不是绘画。

大坊：很多人都这么说，平野先生是位少言寡语的人。

清子：他几乎不说话，什么都不说。有一次我问他：你在画画吗？过了几天后，他突然把一幅素描放在我面前。我看的时候，他只说了一句话："观赏者是幸福的。"被他这么一说，我好像忽然听见了创作者发出的痛苦呻吟。心像被针扎了似的。

大坊：沉默的人突然开口说出的话真是不简单。

清子：因为没钱，我和他见面的时候总靠步行。有一次我们从户畑走到了小仓。

大坊：我明白，完全明白。穷的时候会走很多路。不过，走路绝不仅仅是因为没钱。不善言辞的人总爱走路。

清子：也许是这样吧。我们就这样一直走啊走啊，走了很长时间。但我觉得这个人是值得信赖的。当时他特别穷。但我拿着PX发的工资，哪怕有的时候我身上带着几十万现金，他也从来没有说过"我们私奔吧"这样的话。通常情况下，有几十万的钱肯定能去很远的地方。但是他什么也没说。

大坊：他连想都没想过这件事吧。

清子：当时我们的关系也还没有那么深入。后来不论我的父母如何反对，我都打算和这个人结婚。四年的时间，我的信念从来没有动摇过。当我们终于要结婚的时候，他对我说，他想一直画下去，但他希望在这个世界上能有一位理解他的人，有一位就够了。

平野的文章

　　我难以忘记大雪的夜晚中东京车站混凝土的冰冷。那个时候我不停地画画，我觉得自己很快就要在东京的贫民区曝尸野外。我本想在淡路町的一所教堂的屋檐下度过那个寒冷的雪夜，但值班的工作人员发现了我，把我赶了出去。也许因为我的头上搭着一条毛巾，看起来很可疑吧。雪不停地落着。我光脚穿着木屐，身上只穿了一件黑色的短袖。我拖着身体，踉跄地走到水道桥车站的护栏下。这里堆放着很多桌子，不知道是被人丢弃了，还是有人特意放在这里。我努力往里面走，在那儿过了一夜。"曝尸野外的思想"这句话深深地印刻在我脑海一角。

大坊：在那四年的时间里，平野先生一直在东京和小仓之间往返吗？

清子：最后他还是回到了小仓，因为我在这里。不过当时我俩的家还没有着落。虽然他在东京的时候会给我写信，但每次都是要钱。明信片上也不贴邮票。我的父亲当时极力反对，他每次都生气地说："还寄什么明信片！"但从来不会不拿给我看。如果父亲真的反对，他一定不会给我看那些明信片的。他只是说着"还寄什么明信片！"然后把头扭向一边。

　　平野写的明信片《话到嘴边的自语》

　　　天空的另一头是月亮

　　　月亮的表面沟壑密布

　　　月亮的周围黑暗环绕

　　　天空的下面人头攒动

　　　人群之中出现了扒手

　　　身穿红的、绿的、蓝色衣服的人们

　　　悄声说着，活下去

　　　夜晚多么美丽

　　　鳞光闪闪的水波　点亮的灯光

　　　仿佛鲁奥[1]笔下的绘画

　　　黑暗之中　毒液悄然飘散

　　　　　26.3.20

　　我在崭新的画布上

　　画下赤红的自画像

　　完成得不错

　　我将拿它出展

　　结束后赠送给你

1　乔治－亨利·鲁奥（Georges-Henri Rouault, 1871—1958），法国野兽派、表现主义画家。

大坊：您的父母一定很担心女儿的将来。不过我想他们对平野先生本身是认可的。

清子：我的父亲最后对我说："结婚这件事想都别想，如果只是作为艺术的追随者伸出援手是可以的。"当时父亲所说的"追随者"一词让我感到很奇怪……但是，父亲在看过平野的油画作品后受到了很大的震撼。当时还有人说："平野这人胸腔老出毛病[1]，清子小姐这样只会走向自我毁灭。"平野这个人偶尔会发烧，平时很精神。他在东京的时候，川崎先生（平野先生在东京漂泊时的好友，诗人川崎觉太郎）给我寄过快信，信里写道："平野发高烧。情况严重，请尽快来京。"但是我思考了一下，并没有去，而是多给他送了一些钱。

大坊：他的病是从那时候开始的吗？

清子：有时候他会突然发烧。我总对他说"你的身体没有形成基本的抵抗力"。他小时候总是饿肚子。

平野的话

　　晚上我给人画肖像画。在东京车站的八重洲出口摆着一排摊位，那里是我挣得最多的地方。还有神田的车站附近。什么样的地方我都去过。有次在新宿，黑社会的人把我团团围住，对我拳打脚踢……我会先

1　此处是肺结核病的委婉说法。

喝点糟酒[1]。我只喝得了一杯。为了达到最大的效果，我会在酒里面放点胡椒。我借着酒劲走进酒馆，在店里画画。光在外面摆着画架是赚不到钱的。我就到店里，先自个儿对着客人画，画完再拿给对方看。有的客人觉得不错，请我喝一杯，拿出一张一百元的票子。

我发现蜡画的方法纯属偶然。当时我住的地方没有电，因为交不起房租。我只好在烛光下画画。有一次我把水彩和蜡烛混在一起，发现这样竟很有意思。当画纸上的水彩还未完全干的时候，抹上蜡，之后再叠上水彩。重复这个过程。用这样的方法，画纸上便会出现高低起伏的落差。色彩渗透进低洼处，而蜡则凝固在凸起的地方，经过刮擦后会呈现出极为神妙的色彩变化。

平野的文章

这本画集（小学馆出版的《平野辽自选画集》）里收录的很多作品是以战败后的荒凉景象为背景的。整个日本笼罩在刺骨的酷寒和残酷的饥馑之下。我无法抽离这个背景去看这些画。画这些作品的大部分时间，

1　糟酒，用酒糟做原料经蒸馏后制成的烧酒。在日本，其自古以来为造酒业的副产品。

我过着居无定所的日子。没有固定的画室。有时候在白天我也关上窗户，在黑暗的房间里点着灯画画。为什么要这么做？我不知道。

平野的话

　　我们连明天会发生什么都不知道，在如此困难的时代里，还如何生儿育女呢？我持有这样的想法。我觉得没要孩子挺好的。我的童年过得很辛苦，所以如果要孩子的话我希望能够创造一个富足的环境。但我对自己没有信心，所以决定不生孩子。如今我并不后悔。相反，我觉得这是一个正确的决定。

大坊：你们结婚后很快便决定不要孩子吗？

清子：是的。当时只有我在工作。我每个月的工资是 1 万日元。结婚时我们住的房子只有四叠半，房租是 2500 日元。我们要靠剩下的 7500 日元维持生活。需要奶粉钱和画具钱，奶粉钱是绝对不能省的，想来想去……平野小时候生活很穷苦，所以他不希望孩子再过他那样的童年。

大坊：从 1974 年第一次去欧洲旅行以来，之后的每一年他都会去海外旅行。欧洲之外还去过中亚，（乌兹别克斯坦的）乌尔根奇、塔什干，还有希腊、摩洛哥。您一直和他一起吗？

清子：对，一直都是我和他。

大坊：我想，在这些旅行的时间里，他能够站在远离自己的地方，观望自己对社会所抱有的愤怒，还有内心的孤独，是这样吗?

清子：是的。也许旅行的时间转瞬即逝，但在那些时刻里他是自由的。随着年纪越来越大，我有时候觉得出远门很麻烦。可当他坐在飞机里写东西，写完后拿给我读的时候，我当即体会到旅行对他而言是必须的。有次我们去了（希腊）米科诺斯岛。岛上的小镇遍布雪白的粉墙，当地居民待人温柔和善。他当时说，多希望在这里住上一年的时间，为这里的每位居民画肖像画，然后放在展览上展出。

大坊：旅行或许让他得以远离其内心愤怒的对象——他成长的环境，他的家庭、九州或者说日本。您觉得他出国旅行的前后，在创作上有产生变化吗?

清子：有的。

大坊：具体来说，他开始画人物群像。哪怕是画素描，也是人像更多。在旅行之后，他的视线变得非常温柔。

清子：我的感受是，平野在国外画画的时候就像狩猎者在追寻他的猎物。在人物的表现和色彩的运用上都令人叹为观止。我能够感受到他内心的雀跃。

大坊：那个时候和在这样逼仄的地方埋头画画，风格肯定不一样。

清子：是这样。与其说是变化，其实是自然而然地得到了释放。封闭在内心的东西得到了释放。也许这是出国旅行的魅力之一，说不好是环境对人的催化，还是人自发的转变。我很期待看他会创作出怎样的风格。他回到酒店，趁着鲜活的印象还未褪去之际在图纸上涂上色块。我看着他的动作，心里满足得很。我自己也因为他而收获了很多新鲜的刺激……

大坊：也许他对人类，对世界和自然有了新的理解方式。

清子：但是呢，我从很早以前就明白他具备清雅的色彩运用和表现能力，虽然他总是画沉重的主题。因为我曾经看见过从他内心的黑暗深渊中诞生出的宝石。我在和他谈恋爱的时候，曾经被周围人警告过很多次，说我"被骗了"。但是我认为在泥泞沼泽中发出一瞬闪光的东西才是真实的。我一直这么认为，我相信这是真实的，所以想要寻找这闪烁一瞬的东西，我想验证自己的信念。他的身上一直拥有这样珍贵的真实，只不过年轻的时候没有办法将它表现出来。到国外之后，终于能够做到了。

大坊：比如《雪融化时的蓝色》这幅画并不会让人感到阴沉，而是传递出一股强大的力量。其实他一直都有这样的特质……只不过在创作的时候不得不采取别的表现方法。

清子：《雪融化时的蓝色》这幅画在诗中有写。那幅画的确如您所见。画中的那一天，纷纷大雪让人感到一股暖意。

大坊：我想，一定是平野先生不能直白地去表现内心所感受到的温暖。反而在国外，他也许因为自己能够将内心的感受如实地呈现在画布上而喜不自胜。

清子：您说得很对。喜欢他那些风格灰暗的作品的人不多，但他在国外画的画，年轻的女性也很喜欢。也许是能够与之共情吧……最近我总是一个人，别人会问我孤不孤单之类的。可是当我回想和他一起走过的岁月，我有这样一种强烈的感受。大多数人会存钱给自己养老，而我和他走过的日子不也正是为了我的晚年吗？我积累的不是金钱，而是活下去的精神支柱。
我是这样想的……

　　雪融化时的蓝色
　　　　天空中飘落下洁白的雪花
　　　　它们戛然而止　白色的寂静世界
　　　　短暂地将整个空间覆盖
　　　　吸走杂音
　　　　雪地里奔跑着
　　　　童心未泯的男人们

　　　　白色大地之上
　　　　洞穴张开空洞的嘴
　　　　安静地往四周延展

　　　　稻田在等候春天
　　　　在它的一隅
　　　　水流穿过蚂蚁缝潺潺流淌
　　　　孕育出原始的人类
　　　　现在　天空不再把雪落下
　　　　它即将洒下溶化梦境的黑色光线

　　平野的话
　　　　我在旅途的素描中逃离日常，我的视线转向异质的空间。我走在路上，寻求着在画室不曾诞生的语言和思想，色彩和形态。我希望自己身为日本人，通过外国的人物和风景，捕捉到深藏在全人类心中的，我们每个人心里的阴影。

在山顶冷气弥漫之处，农家小屋在历经百年岁月之后，锈迹斑驳的外表分外优美。亲眼见到这样的房屋令我深受触动。一幅美丽祥和的僻静乡村之景。我和泷口修造先生见面的时候，曾经听他说起过这样一句话：遥远的过去亦是未来。

很多老人一动不动地坐在桉树白色的树根下，宛如雕塑一般凝视着某处。在他们的身后，是深幽的森林。我们从哪里来，我们将归去哪里？置身于自然的老人们不再思考这些问题，他们在凝视中进入忘我的境地。我想，老人的双眸看见了永恒。

在伊兹密尔郊外的一条街道，我的泪水近乎夺眶而出。那条街左右两边对称地种着高大的法国梧桐，诉说着这条街经历的岁月。仿佛远古时代的静谧笼罩着这条土耳其的街道，两个放羊的少年坐在地上，朝我微笑，他们的模样好像自遥远的古代直到今天都丝毫未变。神已逝，可众神的微笑留存在少年的脸庞上……少年们身上裹着褴褛的衣裳，就像我当年一样。

就在刚才，神从他们的身旁悄然经过，在这个永恒的、充满宗教色彩的时刻，在这神圣的、如泉水般涌现的静谧中，我感受到美的本质。

　　摩洛哥，这里的人们早已不再自作聪明地思考尘世之苦、存在之悲。我深深地被他们的神情所吸引。那些脸展现出人类在残酷自然的锤炼之下的精神和容貌，那是人类的高贵脸庞。

　　大坊：在池田20世纪美术馆举办展览后，接连又在北九州市立美术馆、中央美术馆、下关市立美术馆举办了大规模的展览。那段时期平野先生创作了很多的抽象画。在他当时写下的文章里反复出现这样一句话："沉睡的只是人类。我们必须直视黑暗。黑暗中所看到的东西，这就是我作画的对象。"在他那段时期的作品中，不出所料地既能看到出国旅行前的元素，也有旅行后的元素。然而，他从童年开始一直无法摆脱的东西依然占据着画面……

　　清子：这是他一生背负的东西，即使多么想摆脱也无能为力。哪怕想过另一种人生，我们也无法脱胎换骨。

　　大坊：关于这一点，我知道也许很难用语言简单地概括……

　　清子：从他的角度来看，比如就算是欣赏一幅以空间为呈现主题的中国画，他也想要捕捉人内部的深渊。换作一幅油画，我想他依然会寻找深渊、心灵深处的东西。因为他是用生命在和深渊对抗。同样是画水墨画，他笔下描绘的是单独的人物，是普通个体的生活。画单人像时，他的目光中带着慈爱之情，可一到了群像，阴暗的东西便凸显出来。也许他认为在画大主题的时候，应该表现人心中的阴暗。不过，到头来，他还是画小品画更多，对吧。它们很抽象。他画的那一批作品里，只有一幅他认为是成功的。他把它裱了起来。

大坊：那幅画公开了吗？

清子：完全没有。他连名都没有署……您要看吗？

大坊：要。

我看了平野先生生前创作的一批未完成的遗作。大约有二十幅的小品，每幅画都没有可辨识的形态。可是在未完成的作品中，在他刚开始创作的那些画中，我看见一些东西仿佛有了生命，蠢蠢欲动。也许恰恰因为这些画还未成形，画中的蠢动才越发明显……

大坊：虽然我一直在听夫人您讲述，但每一句都像注入了平野先生的灵魂。

清子：是吗……这么一想，家里的每一个房间都充满了他的存在感。

大坊：这只是我的想法，平野先生在青年时代遇见您从而获得拯救，之后在出国旅行中解放自我，在人生的最后画下这幅画……我看这幅画的时候，眼前浮现出您二人最初相识的时光，他对您说"观赏者是幸福的"这句话的那个时候……

清子：是吗？我们喝杯茶吧。

平野的话

刹那间切断连贯的空间的线条，就是它。先有形态，然后有了生命，因为有生命，产生了形态。这是必要的问题。先有肉体，然后是生命。用原始人般的自由去勇敢面对进入抽象表现和空间的深处时双眼所见的现实。它一定宛如闪耀在凝石深处的结晶体般耀眼。生命孑然存在于宇宙的无穷之中。在黑暗中聚精会神，逐渐地，我看见事物的轮廓在黑暗中呼吸。"看"的行为从拥有这样的视线开始。去凝视那些形态未定的混沌空间吧。

我为什么反复地强调带着像原始人般的眼睛去观看呢。因为这也是带着我们生下来第一次画画时的眼睛去观看，它无法通过学习获取，也无法通过教授传递。正因为它是感觉的领域，因此必须拿起画笔。让我们将人类精神延续……这一切不过是长久以来自说自话的独白。

画自画像的工作，就好像在漫无边际的白色迷雾中行走。看似目标在前方，可当我迈出了脚，踏进的却是虚无。整个过程仿佛是通过凝视自我来捕捉出现在遥远彼岸之生命。也许正因为如此，它永远无法被完成。

我的理念的发展，离不开人类头顶悬着五万多发核武器这一事实。曾经，美军在越南战争中从空中洒下大量的除草剂，导致森林枯萎，甚至在战争结束后依旧在人们心中造成令人浑身战栗的噩梦。装满酒精的玻璃瓶里泡着异样的物体：无头的生物、腐烂的像狂犬一样的眼珠、长着两个头的身体……惨不忍睹、无法用语言形容的恐惧席卷了我。当我凝视事物的时候，脑海中涌现出的噩梦般的形态，此刻在现实世界，它们展现在我的眼前。

　　当我成功地画出我真正想要倾吐的东西、想要画的东西、深埋于胸腔的东西，此刻，死亡变得宛如一场等待已久的通往乌托邦之旅。呜呼！这并非我们出生时别人告诉我们的道理。就像我们从黑暗中哭着来到这个光明的世界，谁也不知道那是怎样的黑暗……我们终究会消逝在无尽的黑暗之中。也许它同时意味着诞生。为了断言这个事实，我的胸腔在那一刹那变得无比炙热……唯此是全部。

　　大坊：刚才夫人您说的话中，有些地方我很能与之共鸣。您说过，尽管平野先生离开了这个世界，但现在您感到内心很充盈。这种充盈感不是来源于物质，而是因为他留下了很多宝贵的东西。平野先生自己也在文章中，我记得是在一次对谈里，提到自己把美术院校视为宿敌。因为他非常讨厌固定的形式。他没有接受过院校的教育，但他以贾科梅蒂、陀思妥耶夫斯基、波德莱尔、小林秀雄和西胁顺三郎为师。采访者对他表示"您从贾科梅蒂等艺术家身上汲取了真正意义上的养分"，平野先生却说"我只不过是一直坚持着我热爱的事，在这个过程中自然而然地有了一些领悟"。从一无所有的状态出发，通过不断地试探，发现自己的能见范围，从而塑造出自我——我认为这个过程本身就是艺术。与此相反，教育是一味地灌输，是将人强行塞进固定的模型。平野先生观点的基础是，从"无"出发，一点一点通过寻找来获得，这个过程中有贾科梅蒂、有陀思妥耶夫斯基、有男女的相遇……在我看来，平野辽和清子女士二位用这样的方式，共同构筑了两人的人生。

清子：很难对别人表达。可我确确实实有这样的感觉。这么说听起来也许有些可笑：看多了他的画，我好像随着他一起在成长。我逐渐理解了他在追求怎样的东西。可是有些人只是片面地知道一些他年轻的时候，有些人会说"那个平野啊，出名后变得话也不爱说了"。对这一类人，他会刻意保持距离，不会和他们共处太久。彼此追求的东西不同……不过正因为如此，他会被误解……

大坊：一个一个去寻找……平野先生就像是一位永远走在前面的人……而我总是落后。也许他吸引我的地方就在这里。

清子：他是真实的、鲜活的生命。和学校，和别的无关，他以最自然的状态活着，就像杂草吸收养分生长。我是后来才知道，平野他没有上过学。有次他不得不填写学历，那时候我才知道的。所以他的人生不是从学校开始的，而是从活着这件事本身出发。他没有经历普通人的家庭生活，当然有的人会对此抱有看法……比方说，他觉得这只茶碗很好，他不是在说这是谁的作品，是哪个年代的作品，而是这个碗本身很好，它的好是茶碗承受岁月冲刷后而诞生的美。人也是如此。因此他让我看到了我曾经一无所知的世界。我这个人过去不怎么听西方音乐，可他对古典音乐非常了解。他充分地吸收着自己所需的精神养分，而我也因此获得了丰盈的财富。

大坊：在我看来，平野先生的生活方式是生命最自然的状态。也许这和他说的"用原始人的眼睛来观察"有关。

清子：他很尊敬贾科梅蒂。贾科梅蒂一直不断地探究人的造型。"人是一条线"，平野说他对此十分感同身受。他也将这一理解体现在个人的创作中。有的人会说"平野在模仿贾科梅蒂"。事实并非如此，而是他自身在不断探究的过程中，最终抵达了贾科梅蒂所抵达的终点，也就是人可以用一根线条去表现。可是在他的创作生涯中，哪怕在绘画的领域，也有不看人本身，而是靠学历和派系去评判一个人的现象。虽然他决意留在孤立无援的境地，但我想他还是从那些在内心深处理解他的人的身上获得了极大的宽慰，即使这样的人很少。如果完全不被任何人理解，真是太孤独了。

大坊：平野先生不会说"到此为止"，而是觉得自己还能继续画，还能再画。

清子：所以有的时候，他本打算完成一幅作品，结果越画越满，最后毁了它。有的时候这个原因导致作品无法展出。他不满意的时候很多。他这个人，只有在给别人，或者是要把画送去展览的时候才会在画上署自己的名字。除此之外，他都认为那些画是未完成的状态。拿到展览上的画，如果有他不满意的地方，他便希望展览尽早结束，这样他能快点把画拿回家里。我感觉他有着很强的意念，想要推翻重来。

大坊：也就是他越画下去，越能看到更多的东西。显而易见，这条路没有终点。

清子：是这样……

平野的日记

六十五年来，我第一次经历了真正意义上的疾病。"患病"这个词语也许更多带有精神性和形而上的含义。一旦清楚地意识到患病这件事，肉体的衰弱和无尽的痛苦便随之而来。

芭蕉[1]在旅途中患病，梦里依然驰骋荒野。多么崇高的诗魂！

武藏[2]在人生终期也难逃病魔。在漫长流浪生涯的终点，他选择隐匿在灵严洞，宛如一株植物，静谧从

---

1 松尾芭蕉（1644—1694），日本江户时代前期的俳谐师，被誉为日本"俳圣"。

2 宫本武藏（1584—1645），日本江户时代初期的剑术家、兵法家、艺术家。他是二天一流剑术的始祖，以"二刀流"剑术闻名于世。

容地离开人世。

幸与不幸，我们如今受到医学的恩惠，变得离死亡遥远。

患病时，我在梦中见证了自己的判断。

我必须加紧工作，承受孤独的考验，完成自我。

病魔被彻底驱逐，六十五岁的肉体能够变得宛如新生，这些我从未希冀。

再给我一年便足够。

我不想稀里糊涂地消失。

我希望将我的所思所想表达殆尽，

随后无人知晓地死去。

平野清子女士，

见信安。

天气渐热。您的生活一切如常吗？

上次在北九州市立美术馆，非常感谢您的关照。

展览收获盛况，我十分欣喜。这是平野先生逝世后的首次画展，也是北九州市立美术馆时隔十年的平野辽展。

虽然我看了十多年平野辽的作品，但这次的展览仍然让我感受到无穷的奥妙。

回想起来，这是我第三次追寻平野辽之旅。我第一次拜访您的时候，只是单纯地想体会站在他画室的感觉。现在的我依然能够历历在目地回想起当我踏进画室第一步时的情景。画室散发着震人心魄的力量，仿佛刚经历一场拼尽全力的战斗，深深地震慑着我。

墙上挂着涂完底色的画布。平野先生面对它们站着，而我感觉自己的目光正越过他的肩头，看向墙上的画布。我产生了一种错觉，好像画家依旧活在这里。不，不是错觉。平野辽的人格依旧活在这里。

第二次我来拜访您，一半是带着《SWITCH》杂志的取材任务。那是我第一次做采访，很紧张。但是您讲述了许多关于平野先生的事情，让我从另一个侧面了解他。它成为我非常宝贵的经历。

这一次是第三次。画室依旧保持着原来的样子。跟之前一样，我冲了带来的咖啡，供在平野先生的佛坛前。跟前两次一样，第三次，我抬头面对着挂在佛坛上的画《行走的人》。

看这幅画的第一眼，我想到贾科梅蒂的雕塑《行走的男人》。《行走的人》也许是理解平野辽绘画的一个入口。众所周知，贾科梅蒂通过将眼前的对象呈现于画布和雕塑，创作出大量的艺术杰作。而平野辽的画《行走的人》虽然和贾科梅蒂的作品有相似的地方，但它带给我的感受完全不同。这幅画并非将眼前的对象呈现在画布之上，而是用画笔去追踪一边行走一边思考的男人脑中的思绪。好像它自身忌讳被定义为艺术作品，它带给我更加私密的感受，像是读一篇日记，听一段絮语，感受一缕呼吸。难道不是平野辽先生所有的绘画都或多或少带给人这样的感受吗？

与其用绘画理论去阐释，难道不应该用文学的眼光去欣赏他的绘画吗？年少的时候，手中的画笔是他唯一的依靠，从那时起，他将一身无法摆脱的情感付诸画笔，一直坚持创作。他并不是单纯地描画对象，而是在透过画中的对象，实现自己的精神表达。他并不是只一味追求呈现在画布上的美感，而是在画布上反复地挣扎、斗争，挪动画笔。这些过程是他思考的过程。画布上是他的思考所留下的印记，我们可以听到他心灵的真实声音。当我面对他的自画像的时候，更能够清楚地体会到这番感受。

平野先生经历的艰难境遇促使他去刨根问底，在之后的人生路上他从未停止追问和思考。他拒绝一切堕落之物。这让他自然变得寡言少语，变得更加孤独。他带着与生俱来的批判精神和上进心，在永不屈服的斗志的支撑下，向前再向前。这是他人生唯一的活法。大多数时候，他把矛头对准了自己，而不是他者。自画像中那审视自我的严苛视线，不正说明了一切吗？他严以待己的行为态度就这般落影于画布之上。他虽身在宿命的河流中翻腾，却未被浪涛冲刷而去，因为他在画笔中注入了自己的思想。他埋头挥动画笔，甘饮宿命的河水，他扛起画下宿命的使命，最终希求沿着这条河流经的路途往回走。对自身经历和境遇所感到的愤懑、历史背景下的战争以及对将人类推向战争的理性所抱有的怀疑，他把这些作为前进的原动力。他那双浸润着绝望和怀疑的双目所见到的，不正是那些黑暗中蠢动着现形的东西吗？对平野先生自身而言，那些无法抹去的生物恐怕在很多他创作的抽象作品中蠢动吧。平野先生反复强调的创作精神"用原始人的眼睛去看",他用自己的人生证明了人本应有的基本生活方式。

他用自己的人生诠释了何谓生命的尊严,生存的执着和无限的爱。

北九州私立美术馆的展览从自画像开始,也展出了许多抽象的作品,最后进入水墨画的展厅。那是我第一次观赏水墨画。画着摩洛哥风景的六曲一双[1]的屏风带给我莫大的感动。我从这幅作品中仿佛感受到平野辽在越过生命的重重坎坷后最终抵达的心境,用极尽温柔的视线望向人类。右翼屏风的画作《摩洛哥群像》从下往上,以低角度的仰视视角描绘出广场上的人群。在人们的头顶上方,画着一条条薄薄的黑线,宛如上升的热空气,又像是人们的灵魂在向天上升腾。左翼屏风的画叫《广场上》,画中从高处俯视着广场。画布整体洒着一层薄墨,令人联想慈爱之雨从天而降,洒向广场上的众生。

"人是怎样的生物,人从哪里来,又将往何处去?"这组作品仿佛表现了画家对这个问题长久以来的探究。我听说这组屏风被搁置了十年未动。在1992年的元旦,平野先生好像忽然决意下笔,一气呵成地画完了。1991年12月

1　左右成一对、各有六块扇板的屏风。

31 日到次年元旦期间，他的脑海中掠过了怎样的思绪已不得而知，但我猜想是上下视点的确定让他看到了这幅作品完成后的样子。画布上的光景即是对人类生活图景的描绘，同时也是凝视人类生活的"视线"的体现。平野先生在日记中写下他坚定不移的信念："病魔被彻底驱逐，六十五岁的肉体能够变得宛如新生，这些我从未希冀。再给我一年便足够。我不想稀里糊涂地消失。我希望将我的所思所想表达殆尽，随后无人知晓地死去。"也许他想要一年的时间，来将此番心境注入自己的绘画当中。

为了追寻平野辽的足迹和思考他的人生，我受到指引而来到这里，驻足于屏风前。我感受到一种幸福和平和……

期待再次与您相见，保重。

一九九七年七月

十

盐崎贞夫的镇魂曲

1991 年，在东京银座的文艺春秋画廊举办了盐崎贞夫展。当时我好像是碰巧有事情要去银座，在回去的路上正好路过。画廊橱窗里挂着的画叫我停下了脚步。那一幅画的尺寸是 50 号[1]左右。几乎黑白调的画面被一分为二。上半部分画着满开的樱花，花瓣的颜色不是淡粉色，而是白色。下半部分被涂成了黑色，就像樱花树深埋在地下的躯干。一位女性雪白的身体横躺在下面。这近乎是一幅黑白的画作，题目叫《樱花树下》。

　　这幅画让我立刻联想到梶井基次郎写下的话"樱花树下埋着尸体"。孤寂地绽放的白色樱花很美，但横卧着的女性带给我更强烈的美的感受。她纤细的身体舒展地横躺在画布上，虽令人联想到她已死去，但看上去十分平静。我仿佛受到这幅画的引诱，转而走进展览会场。那是我和盐崎贞夫的画的首次相遇。

　　如这幅《樱花树下》所示一般，盐崎先生的作品中有众多

1　长边为 116.7 厘米。

神灵宿生的题材，比如《箸之墓》的题材是箸墓古坟[1]，《生驹周边》则描画了奈良的山丛和羡道[2]，还有《佛塔》等。他笔下新潟县的山岳，尤其是国上山，宛如神灵寄宿的神山。就连他的花卉图，例如《樱》《波斯菊》，从根部和花瓣中也仿佛能感受到一股灵气。

还有一段回忆让我印象深刻。当时我痴迷于舞踏艺术家大野一雄。1992 年，我去东京半藏门的 FM Hall 看了他的舞蹈《白莲》。当天上演的是日本独创的舞蹈艺术"暗黑舞踏"。当时的大野一雄 86 岁。暗黑舞踏有很多让人感受到生与死的主题，在这一点上，大野的舞蹈尤甚。舞者头发竖立，脸涂得煞白，让人分不清跳的是亡者之舞，还是生者之舞。那天的舞蹈是由现代音乐家三宅榛名担任钢琴伴奏，现场还有低音大提琴伴奏。在宛如自由爵士的前卫音乐中，舞者们不断扭动身躯，跳着混沌妖魅的舞蹈。

进入演出的最终章，吞噬一切的黑暗笼罩整个舞台，大野安静地跳起独舞。在四周的黑暗中，他涂白的手在聚光灯的照射下浮现。蜷曲的手忽而打开，像一朵白玉兰悄然绽放。黑西装、白衬衫。静谧的音乐缓缓流淌，他轻摇着身子舞蹈，倏尔一朵白玉兰在黑暗中盛开。

1　位于奈良县樱井市，约建于公元 3 世纪的古墓群，属于前方后圆形古墓中最古老的一群。

2　羡道，从坟墓的入口到放棺玄室的甬道。

那个时候，我忽然听到自己在心里面问："你在那边过得好吗？"我询问的对象是我死去的母亲。我的母亲去世已经有十年了。当年我没有钱给她建墓地，只好将她安葬在寺庙。可能因为心有愧疚吧，我仿佛看到彼岸的世界里被白玉兰花拥簇的母亲，我很想问她："你在那边过得好吗？"

近日，我不时感受到死者的存在，好像他们在逐渐朝我靠近。1993年，在看过《白莲》的第二年，我在盐崎贞夫展上再次有了类似的经历。

那是我第二次在文艺春秋画廊观看盐崎的展览。和上次一样，这次的展览也以黑白基调作品居多。《白花之树的幻想》这幅画的构图分为上中下三段。上段是白色的樱花，中段是横卧的人，下段是很多人的脸。另一幅《夜樱下的人们》画着夜空中浮现的樱花和像在参加葬礼的人们的脸。有一幅10号[1]左右的油画，我觉得必须带着直面死亡的心境去观赏它。画的题目我有些印象模糊了，大概是叫《光景》。涂满白色的画布中央露出一张人的面容。如果一直盯着这幅画看，便会感觉画面中的人好像在呐喊，从脸上张开的嘴中仿佛可以听见大喊的声音。

那个家伙是"阿部"。阿部是我曾经一起玩非撞式橄榄球的伙伴，在一年前因病去世了。那时候我们的同好会橄榄球俱乐部都是民间自发组织的，零零散散的几个人聚在多摩川边，彼

1　长边为53厘米。

此互相投球。阿部就是成员之一。我们只在玩橄榄球的时候相聚，喝点酒随后便互相道别。我俩之间好像没有进行过橄榄球之外的对话。他去世的消息也是过了很久我才知道的。知道他去世后，我才开始思考我们之间交谈甚少这件事。不知出于何种缘由，当我站在盐崎先生的画作面前，从白色油彩的缝隙间传来了阿部的声音。可是当我集中精力去听的时候，那声音却消失了。画布上的人脸张开的大口好像在呐喊着什么，可是我听不清楚。

这时，我清楚地听见有一个声音从背后传来。

"ni shen me dou bu zhi dao（你什么都不知道）。"

这个声音说。

我下意识向后看，顿时明白声音的主人不是阿部，而是盐崎先生的绘画。我惊讶地环视四周，这个声音随即从会场的四面八方朝我涌来。

"ni shen me dou bu dong（你什么都不懂）。"

"ni shen me dou bu zhi dao（你什么都不知道）。"

这段经历让我感到浑身战栗。究竟我不懂什么呢？的确，也许我这个人对任何事都没有认真地思考过。这个声音是说我没有思考什么呢，还是说我摆出一副不懂装懂的样子呢？我感觉自己彻底地暴露在了画的面前，但事实的确如此……那次之后，我看盐崎先生的画的时候，背脊都会产生这样的感觉。

对我来说，看画其实是在看自我心理的浮现与流动。有些作品需要多一点时间才能有此体验。也许盐崎先生是看穿了这一点，才会向我示意的吧。

"我恳切地期望知道您的想法。您不必立刻答复，若日后能收到您的回信，我不胜感激。"

我将上面写的内容落笔写成书信，寄给了盐崎先生。事后，我收到了这样的回复：

"在我小的时候，因为每晚都被难以名状的噩梦所纠缠，我变得对夜晚的到来十分恐惧。现在我已迈入老年，依旧每晚做梦，令人不快的梦。二十岁的时候我第一次把具象的画送去国画会展出。松田正平[1]先生对我作品的评价是：此画之后，近代的病症莫复更新。那一年的夏天，我和祖母一道走访了祖父的故乡，新潟县东颈城郡松代的乡村。在供奉着我家族先祖的菩提寺的长命寺，我看到这座禅寺的经文，深受感动。当时（现在也是）加布里埃尔·福雷[2]为死者谱写的弥撒曲令我沉醉痴迷，但那时我竟然以为自己听到的是日本的镇魂曲杰作。我很单纯地下定决心，要用画来表现镇魂歌。第二年，具象的元素从我的画中消失了。在那之后，国画会一直展出我的抽象作品，直到我退出协会。十九年的时间。我三十岁时，再次患上十六

1　松田正平（1913—2004），日本油画家，1984年曾获第16回日本艺术大奖，一生都在探求油彩表现的可能性，晚年确立了极具透明感的独特画风。

2　加布里埃尔·于尔班·福雷（Gabriel Urbain Fauré，1845—1924），法国作曲家、管风琴家、钢琴家以及音乐教育家。

岁时得过的病，度过了一年的病房生活。住院期间我一直在思考自己的抽象谎言。可每当展会期来临，我总会拿出一幅作品。如此十年，我感到自己已经临近极限。我决定画一幅画布全部涂成白色的画，把它和我的退会申请书一起交了上去。后来的三年间，我没有再提起画笔。之后文艺春秋社找到我，我又开始创作，直到今天。我画画不是因为一开始受到了别人的夸赞。在我成长的环境里，画家和蛇蝎蛆虫一样遭人厌恶。所以，实际上我的绘画素养很差。美，从不是我的首要考虑。对我来说，坚持创作有什么意义？我这个人半只脚已经踏进棺材了，放过我吧。面对死者，我除了双手合十之外无能为力。要我来说，不断绘画就是背负一个又一个的亡灵。"

我想我没有明白死亡这件事，以及镇魂的意义。在镇魂一词的释义中，除了"安抚死者的灵魂"的意思之外，还有一层意思是"唤回即将离开，或者已经离开的活人的灵魂，将其镇定在体内"（摘自《岩波国语辞典》）。我不知道镇魂有这两方面的意思。不，先不管词语的含义，我从未思考过人的灵魂。我只是决定和别人一样，要珍视人的心灵。它指的是人的心理，只有这个程度罢了。灵魂却不同，它也许是一种永恒的存在……不，不论是否如此，我都没有好好思考过。

在我们互通信件之后，盐崎先生光临了我的咖啡店。他点了一杯摩卡咖啡。我和平常一样，一滴一滴地慢慢萃取，将咖啡端到他面前。盐崎先生喝完后，从座位上起身，提高嗓门对我说："你想说的，我现在都明白了。全都明白了。"不知是因为我萃取的方法，还是那一杯咖啡的味道，画家的直觉真是可怕。另外，盐崎先生也自己烘焙咖啡豆。在他工作室的庭院里有专门用来烧制器物的窑。赤陶、茶碗、焙烙[1]，他都自己做。我登门拜访的时候，他为我端上了自己用焙烙烘焙的深烘咖啡。很好喝。他对摩卡豆的深烘非常有讲究，常常跟我提起"在新潟车站背后的一家小店里喝的摩卡，味道令我难以忘记"。盐崎先生也会为我点茶。茶碗施以白色釉料，和画中的白色樱花一脉相承，显得有些寂寥。名为《女人立像》的赤陶雕塑也是如此，女人单薄瘦削的身姿看上去有几分落寞。我因为盐崎先生的作品而开始思考何谓镇魂，因此我不论是手捧白色茶碗，还是眼观他的赤陶雕塑，镇魂的事都一直在脑海中盘旋。我感觉盐崎先生身边的所有事物都和镇魂有着某种关联。尤其是他在点茶的时候，仿佛不只是逝去之人的灵魂，就连在这里一同喝茶的人的心灵也得到了镇定。我陷入了思考。"茶"也许有这样的作用。

画室里总插着一轮花，有时是秋海棠，有时是贵船菊。画架上放着画到一半的画，虽还未完成，却已经带有灵魂的气息。我在等待盐崎先生点茶的时候，不知怎么总会想起一些人的往事。已故的人，活着的人，和他们的过往回忆不自觉地涌上心

1　焙烙（ほうろく），日本素陶的浅锅，用于炒或烘烤谷物、茶等。

头。那一刻我很清楚地感受到，自己正在怀念他们。

　　和盐崎先生度过的这段时间对我来说，好比人生中的初次茶会。尽管我们身处的不是茶室，而是画室，可对我来说它是一场茶会。喝茶的时候我感到身心安宁。也许镇魂，更多是让自己收获安宁。我开始这样想。

　　2001 年，在南青山画廊举办的盐崎展上展出了一组三幅的《波斯菊》。由于画廊离我的店不远，我每天都会去观看这几幅画。当时我手头正在读的书里写着一句短歌：

　　晚风渐起 胡枝子烂漫 我犹如见 吾灵魂的隧道[1]

　　　　　　　　　　　　　　　　　　　　前川佐美雄

　　连日观赏《波斯菊》后，我的脑子里都是波斯菊的画。彼时，这首短歌就像一阵吹进来的秋风，穿过我的身体。胡枝子变成波斯菊，我清楚地看见"吾灵魂的隧道"和我死去后的场景：在我死去之后，我的灵魂穿越一片波斯菊。

　　以前在书中读到"灵魂"一词，我都不假思索地接受；我也用"灵魂"一词来形容波斯菊的意象。然而，实际上我什么都不明白。在我的个人世界里，我的母亲还活着，许多离开尘

1　原文：ゆふ風に萩むらの萩咲き出せばわがたましひの通りみち見ゆ。

世的人依然活着。只是我并非每时每刻都想起他们。也许是看了太多盐崎先生的绘画，对镇魂的思考开始进入我的日常生活。

2007年，我前往位于东京下井草的一家叫"五峰"的画廊。那里在举办"牧野邦夫[1]逝世20周年+1年展"。牧野邦夫是我的咖啡店门口一直挂着的那幅绘画《大坊咖啡店的午后》的作者。

在画廊一角，一个大行李箱放在地上。箱子上面放着画具箱、颜料、颜料盘、画笔、刮刀，还有玻璃弹珠和人偶，画家在创作中用作素材的各种物件陈列得像一个祭坛。这里是画家的阵地。所有的东西都能装进行李箱，关上箱子就能搬家。这个角落展现出画家随着个展的结束而不断搬家的形象。祭坛很贴合追悼的意义。从素描到油画一幅一幅地看过去，狭小画廊里的空气逐渐变得厚重起来。我的注意力凝聚在画上，完全沉醉于牧野先生的绘画世界。牧野夫人身裹黑色洋装，她的在场让我更近距离地感受到牧野先生本人。

画家的全身心都活在画里。灵魂究竟是什么，面对绘画时全身感到充满力量，因为这是和灵魂的对峙吗？

趁着庆祝宴会开始的当口儿，我走出了画廊。因为我六点要去新宿，去酒吧 Le Parrain 坐一坐。酒吧刚刚开始营业，店内

1　牧野邦夫（1925—1986），日本画家，出生于东京都涩谷区幡谷地区。

气氛一如既往地宁静。我在昏暗的室内坐下，这时音乐开始缓缓地流淌，是加布里埃尔·福雷的《弥撒曲》。是我拜托店主在这天的这个时间播放这张唱片的。这间酒吧总能带给我音乐穿过身体的感受。

这是我第一次听这首曲子。我第一次这么认真地聆听福雷的安魂曲。我也是第一次听到这么美的音乐。真的太美了。我想，完全的纯净就是这样的吧。

我曾经想象过。如果我被抛进没有光线的宇宙，身体因失去重力而在黑暗中飘浮，我想我会听见音乐从某处传来。是怎样的音乐呢？我在梦中曾身临其境。在梦中，从没有唱过歌的我竟唱起歌来。可现在的我没有做梦，我在现实中聆听着仿佛从黑暗中传来的音乐。

我能够变成灵魂吗？

我将思考"镇魂"的课题留在这里。我隐约感觉到，若自己不变成灵魂，对镇魂的思考就如同纸上谈兵。福雷的安魂曲带给我最强烈的感触是"要活在永远的安息之中"。我认为它是歌颂生命尊严的音乐。不论此岸还是彼岸，是安息的天国，还是人世的苦海，生命都是同等的尊贵。我想到盐崎先生在信里写到"终有一天我也会死"，更觉意味深长。不等到死亡我是无法成为灵魂的，但难道不是我的灵魂正在聆听福雷的音乐吗？难道不是我的灵魂在面对盐崎先生画中的灵魂吗？《樱》《波斯菊》《国上山的周围》，还有绘画的行为中都注入了画家的灵魂，而我们在画中邂逅这灵魂。我不知道我的灵魂是什么样子。但是和灵魂对峙的，只能是灵魂。镇魂也必须由灵魂来完成。

"ni shen me dou bu zhi dao（你什么都不知道）"说的正是灵魂的缺席。

2014 年，咖啡店关店后大约过了一个月，盐崎先生去世了。我非常惊讶，因为我们都说好了今后一起享用咖啡和薄茶。他走得很突然。前年春天他进过一次医院，但很快就出院了，所以我以为他患的不是什么重病。当时我的咖啡店已经进入关店的准备。秋天的时候他来过一次。像往常一样，他喝着摩卡咖啡。当时店里的人很多，我没能有机会和他好好交谈。怎料那就是我最后一次见到他。

自从我听说盐崎先生沉迷于加布里埃尔·福雷，他的绘画便不断地促使我思考镇魂这件事。他的绘画教会我追忆他者的珍贵。可是，我怎么也没有想到这么快就要和盐崎先生分别。我感到一种无法挽回的失落。我想，我会一直听到这句"ni shen me dou bu zhi dao（你什么都不知道）"。

镇魂（致盐崎贞夫先生）

在做茶碗这件事上，盐崎先生曾感叹"又成了茶碗……"。我虽然没有亲耳听到过这句话，它的意思是说手做习惯了。技法熟练后，双手不经意间就能做出韵味十足的茶碗。盐崎先生对这件事持怀疑态度。心中描绘的心象素描，难道不是"真实"吗？制作第一个茶碗时一定见证了"真实"。创作的心灵里存在"真实"，可"真实"注定是未知的。也许我们把己之所见视为"真实"，可看见的瞬间确实存在。熟练的手不过是沿着这段记忆顺藤摸瓜。看见未知那一瞬间的惊艳不复存在。可我们依然用眼观赏，用手触摸那茶碗的韵味。究竟何以成其韵？在漫长的时间中，从历史和民族的源流之处连绵不断一直延续至今的茶碗之韵，究竟是什么？也许茶之碗皆为茶碗，终究是人类的琴弦。

在绘画上，他曾不经意地说道"不知道该画什么……"。此话传到我的耳朵。他的意思是没有遇见想要拿起画笔的对象。盐崎先生一定会身临其境。不过我很少听说他会画速写，对他而言更重要的是感受。也许主题只有一个，镇魂。灵魂的存在需要场所。各式各样的场所：箸墓、生驹山、二上山、佛塔、樱花、波斯菊、国上山、角田山，卑弥呼的死、女人的死。他把灵魂的强烈体验埋藏在画面之中。他带着惊人的细致，将体验的真实感描绘在画布之上。福雷是他的声明。所有的一切都是他站在现场获得的体验。他一遍又一遍地画下它们。是因为手熟练了吗？惊人的细致是熟练的结果吗？

我想盐崎先生一直对因惯性产生的创作抱有怀疑，因此他不断地寻找新的体验。也许内心的疑虑让他去国外寻找素材，画异形的樱花。他笔下的异形樱花生长着可怕的黑暗的粗壮树干，是连接异界入口的醉樱。

他以前的绘画多采用上下两分的构图方式。我将其理解为灵魂存在的世界和感知灵魂气息的世界。然而，到后来两部分的界限逐渐消失，上与下交融在一起。可当我仔细观赏，总感觉画面前方散发出灵魂的气息，而画面深处隐藏着灵魂的存在。与此同时，从这个时期开始，我更加强烈地从作品中感受到画家的状态。画中上和下的界限互为表里，我想是因为在画家的理解中这两个世界并未分离。

对我而言，作品展现的与其说是灵魂的寄宿之所，更像画家把自己融入其中，在画中栖息。这只有通过画家将自己化作灵魂才能实现。因此，我在波斯菊中看到了灵魂的隧道。而指引我通往冥界之路的，不正是那棵异形的樱花树吗？它就屹立在入口。成为灵魂是将灵魂作为创作对象的画家所追寻的真实。在那幅《国上山的周围》中，作者的灵魂和镇魂的意义呈现得浑然一体。难道只有我一个人在《在苍冥中尽情翱翔》和《角田山》这两幅画中看到冥界吗？尽管活人感受死亡是不可能之事，但盐崎先生在不可能之中，坚持追寻"真实"的存在。他是成功描绘出真实的灵魂体验的艺术家。

我想起挂在盐崎先生葬礼房间里的那幅小小的《山茶花》。为什么在那么小的画面中，山茶花看起来如此鲜活？它让我想起通往冥界之路上的灵魂的生动姿态。如今，祈祷盐崎先生一路走好为时已晚，希望我的祈祷能化作镇魂之歌抵达他的世界。

盐崎先生的绘画促使我开始思考镇魂的事，可很快镇魂的对象就变成了盐崎先生本人，真是讽刺。更别说当时还碰上咖啡店关店的时期。命运真是捉弄人。然而，我对咖啡店往事的回忆何尝不是对店的镇魂。我之所以怀念盐崎先生和咖啡店的其他客人，何尝不是在安慰我自己的悲伤。

　　因为有客人的支持，我才能花费时间去制作一杯又一杯的法兰绒咖啡。我没能好好地答谢那些支持我的人。我想，也许现在我通过怀念的方式能够传达出对他们的感谢。当然，这个过程也是我面对自己的过去的过程。人不管生活多么忙碌，总会在繁忙的间隙里面对自己的过去。这些缝隙中的时间，成为一个人的咖啡时光。

　　我在盐崎先生的画室喝下的咖啡和抹茶蕴含着镇魂的气息。我在平野辽的画室里也喝了茶，平野清子夫人是有着多年造诣的茶人。在工作间歇饮一杯抹茶更是平野先生一天中不可或缺的习惯。他的茶室坐落在一条小径上，从小径或画室都可以进入。在茶室幽暗的空间里，花朵庄严地插在花器中，宛如供奉在佛坛之下，平野辽的画挂在墙上。这里也是镇魂的场所。平野清子夫人点的茶十分肃穆。

我曾经想过将茶室的元素引入咖啡店。我想象着一间坐落在曲幽小径的咖啡店。然而，现实中客人从大路边侧身一转，迅速登上楼梯，这一连串的动作所展现的俊敏，才是真正适合我咖啡店的风格。我希望我的店可以完全拥抱城市的混沌。比如从邮局回来的路上顺便多走几步，简单地来喝一杯咖啡，这样轻松的心情更适合我的店，而不是靠着招朋引客的关系。经营一家咖啡店的乐趣，难道不是在于无法预测下一位进来的客人是谁吗？一切都在计划之外。随后，在等待咖啡的片刻，我们享受时间所产生的缝隙。这才是我追求的。我听说有为死者追善[1]而举行的茶会。客人可以在茶会结束后的回家路上来咖啡店歇脚，完成独自的追善。

一位老妇人在吧台前坐下，安静地喝着咖啡。过了一会儿，她开口道："儿子去世后，我在他的桌子上发现了店里的火柴，我想知道那是个怎样的地方，所以今天到这里来。"老妇人拿出随身携带的儿子的照片给我看。"啊，是他啊。"我立即认出来是谁。妇人接着问道："我儿子在这里的时候是什么样子呢？""他总是一个人来，也不看书，总是安静地坐着。"这是我仅能给予的回答。我又想起一些别的回忆。那位客人刚来我店的时候，还是音乐学校的学生，他毕业之后进入了音乐领域

1　追善，为亡者祈求冥福而进行的各种法会、诵经等活动。

工作。真是过了很长的时间。我觉得我们对彼此很熟悉，尽管我们之间并没有产生过对话。当他的母亲在吧台前坐下，独自喝着咖啡，这幅画面让我清楚地回想起她的儿子曾经坐在这里时的景象。

咖啡店有很多常年光顾的客人，这些客人和店员之间一直没有什么交谈。对于开咖啡店的人来说，这样的事情很普遍，也正因为是咖啡店，客人和店员之间才会诞生这样的关系。

好比我的客人 K 先生。K 先生有很长一段时间都过着住院生活。他只偶尔出院继续他的工作，很快又返回病床。尽管如此，在出院的间隙，或者获得医院外出许可的时候，他都会提前告诉我，选择一天来店里喝咖啡。K 先生似乎身患的是疑难病症。某日，也许是因为治疗需要，他把头发剃光了。再来的时候，他都戴着毛线帽。又过了一些时日，他的身影消失了。

之后发生了什么呢？K 先生去世后，他的一位家人开始光顾我的咖啡店。来的时候一定是 11 日，（我推测）这一天是 K 先生去世的月忌日。这位客人总是一个人在店里安静地喝着咖啡。他把 K 先生曾戴过的毛线帽叠起来放在旁边，就像 K 先生来的时候那样。

作为店员，我们绝不能打扰客人，因为他们每个人都沉浸在自己的时间里。在这样的时刻，我们更应该保持沉默，认真地制作咖啡。况且店里的客人也不希望受到打扰。也许这样的时刻不是经常出现，可如果店员平时不加留意，当遇到非常看重个人独处时光的客人的时候，就很难保障他们的诉求。

在咖啡店里避免产生人和人之间的互动，这一点的确颇具争议，并且有时候互动是自然而然产生的，不可能完全避免。对此我绝不是以偏概全。但咖啡店最有魅力的地方，难道不是可以随心所欲地实现独处吗？这里提供的不是独处于空无一人的环境所感受到的孤独，咖啡店里有别的客人，也有店员。在这里我们与他者共处，却不发一语。也许我们能比置身无人之地收获更大的安宁。这里是享受沉默的场所。

我想在咖啡店里坐着的许多人都在此品味着独处的时光。总之，坐在那家店的吧台位置上，喝着那里的苦咖啡，这就是全部。之后便是起身离开。店里的客人很多都是如此。不是想来这里和谁说说话，也不是为了别的什么目的，只是来喝一杯咖啡，仅此而已。也许很多人都更喜欢这样吧。这样的客人成就了咖啡店。我并不是在这里否定成为熟客，否定和店员交谈。我也不是在否定延续茶室精神。我只不过想强调只有咖啡店才能提供的享受方式。

我想补充一点。我在这里所说的客人沉默地坐下，沉默地离开，绝非意味着冷漠。沉默不是对咖啡的味道、对店内的氛围和店里坐着的其他人抱以毫不关心的态度。沉默绝非源于对周围的漠不关心。当客人沉迷于电脑和手机而无视当下的空间，这时候气氛才是死的。这样的行为把自己和身旁的人之间的气氛推向了死亡。在咖啡店，我们应该让自己和身旁的人之间的气氛保持活跃。就算自己和他人之间并未产生特定的关系，但我们和他者的关系一直存在。我们身处其中，却保持沉默。这才是咖啡店的魅力。

很早以前，有段时间爵士钢琴家和作曲家中村八大先生来过店里。中村先生的旧友在咖啡店附近经营着一家牙医诊所，大约和我的店相隔两三家店的位置。那段时间中村先生正好在那里治疗。那位牙医好像颇有名气，有几位他的患者在往返诊所的路上来我的店里享受咖啡时光。虽然他们是来看牙的，可脸上总是洋溢着一丝喜悦。后来，我也找了那位医生看牙。当时医生已经是咖啡店的客人，可我对此却毫无察觉。当我在别的地方碰见这位医生的时候，才反应过来他是咖啡店的常客，连忙慌张地跟对方打了个招呼。医生说："我去过您的店很多次了，这是您第一次和我说话。"这是我俩之间的第一次对话。

　　医生总是在傍晚时分一个人坐在吧台的位置，在爵士乐的伴奏下交替喝着一杯摩卡咖啡和一小杯威士忌，然后回家。这样的享用方式很符合他的个人气质，缄默不语，有几分冷峻。自然我也变得屏气凝神，不敢破坏庄重的空气。因此，虽然我们见过对方很多次，但直到那一天我们才第一次说上话。

　　我已经不记得当时还说了什么，只清楚地记得"这是您第一次和我说话"，以及他对我说"看来您不懂爵士乐"。听到此话，我竟产生了一种莫名的安心感。我记得我回答道："嗯，我不懂。"也许我理解他何出此言。对我来说，懂的人看穿不懂的人，是再自然不过的事，所以我才欣然接受了他的判断吧。也不仅仅由于医生是八大先生的朋友的缘故，还因为我从他喝咖啡和喝威士忌的方式中感受到了某种信赖，某种憧憬。

　　早在这个插曲发生之前，有一次中村八大先生对我说过类似的话："我在美国待了很长时间，当我以为自己终于到达离爵士乐很近的地方的时候，怎料我很快又远离了它……"也许当时先生是随口说的这句话，可它始终留在我记忆里。我一直在反复咀嚼它的意思。那之后过了很长一段时间，八大先生去世后，当我听到医生那一番话的时候，这句话再次回响在我的耳边。

客人带给我的领悟，数不胜数。

我回想起喝咖啡的客人们，回想起当时的情景。

有一次来了八位年轻的女客人。她们衣着相似，都穿着黑色的西装和白色的衬衫，看样子像大学新生，或是实习生。现在可能是她们的休息时间吧。店里面有两张四人桌，幸好当时都空着。她们就像位置早就订好了似的，径直走过去坐下。点单的时候，所有人点的都是3号咖啡。可毕竟这个人数，做咖啡需要花一点时间。我和往常一样慢慢地做着咖啡，这时候传来了她们说话的声音。不是一个人在说，其他人听着，而是几个人同时在讲话。我虽听不清她们谈话的内容，但多人讲话的声音传到我的耳边。渐渐地，耳边荡起一阵阵节奏轻快的人声波浪，清脆流畅，并不嘈杂，带着年轻女性才有的灵动与欢快（希望没有冒犯）。过了一会儿，就像潮水退却一般，座位上突然回归寂静。也许是话题中断了。这时，我听到了一阵钢琴的声音，才反应过来，店里放着比尔·艾文斯[1]的音乐。这一声琴音是多么动人心弦！也许我的耳朵一直都听着音乐，可这一声琴音的震动带给我的感觉是如此的特别。随后，那几位女客人谈话的声音又逐渐大了起来。虽然她们有八个人，但丝毫没有吵闹的感觉，当她们的交谈声渐微，比尔·艾文斯便站了出来。小鸟们婉转轻柔的啼鸣和钢琴的声音就像潮汐涨退，此起彼伏地在店里回荡。

当店里的声音产生如此默契的时候，我深感爵士的魅力。就我个人的感受而言，古典音乐无论如何都会把人带进音乐中的世界。而在爵士乐中，人能够保持自我。诚然，也有滴水不漏地聆听爵士乐的方式。我自己从古典音乐转而听爵士乐的时候，心情也随之变得轻松。

爵士乐也会和店外面世界的声音产生默契。当表参道十字路口处的红绿灯变红的时候，车停在路上，外面变得安静。这时候爵士乐在耳边响起。音乐播放的音量不大，夏天蝉鸣透过窗户倾泻而入，冬天传进来街边烤红薯的叫卖声。我喜欢站在吧台萃取咖啡的时候，听着外面的声音。不知不觉间屏住了呼吸，意识变得异常清晰。这时候我听见爵士乐。也许是长时间形成的习惯，做点滴萃取的动作和爵士乐之间已经形成了不可

1　比尔·艾文斯（Bill Evans，本名为 William John Evans，1929—1980），美国 20 世纪著名的爵士乐钢琴家。

分离的节奏。

石津谦介先生曾经对我说过自己以前对咖啡不感兴趣，也没有口味上的偏好。可自从来了这里喝咖啡，他开始对咖啡产生兴趣，慢慢地自己也动手做手冲咖啡。有一天，我记得他坐在吧台靠门口的位置，我开始萃取，于是他从座位上站起来，观察我的手部动作。但因为离得太远看不清楚，他离开座位朝我这边走了过来。他只走到屋子中间柱子的位置，绝不再往前靠近一步。他把身子藏在柱子后面，探出上半身望过来。他伸长脖子，可坚决不踏出柱子的阴影，仿佛在向我坦白自己的罪状"用眼睛偷取技艺"，又好像在暗示自己"只要保持这个距离一定会得到原谅"。他怀着敬意观看，同时又在双方的默许之下偷学我的方法。他的此番举动兼具孩子的幼稚和大人的成熟。真是很有魅力的一个人，带给我一段快乐的回忆。

因为咖啡店的工作时间很长，为了维持体力，我戒过一段时间酒。有一次我对客人说："我担心自己一直这样下去，朋友会越来越少，等老了之后只能过孤独的日子。"听我这么说，一位年纪比我大的客人说："人本来就是孤单的生物。那个时候不过是回到了人最初的样子。孤独是用来享受的。"我听后心里顿时大为轻松。正因为身边有这样的人存在，衰老这件事变得有意思起来。回想起刚刚开咖啡店的时候，我最大的希望就是把店开得越久越好。客人们一如既往地光顾，店和人随着时间一同老去。我锻炼身体也是为了能够一直站着工作。我希望自己

　　　　　　　　大坊咖啡店手记

一直能够在吧台里站着。人进入晚年，不可避免地会思考死亡的事情，它的脚步越来越近。

每当我回想起这些对话，尽管难免感到孤独，但这孤独中生出了韵味。我在文字中反复强调咖啡是自由的饮品。我们和不同的人相邻而坐，既可以保持沉默，也可以起身离开。咖啡必须是苦的。咖啡也必须是甜的。它的苦要满足客人之所需，它的甜要恰好落在心坎。

有一天早晨，我记得当时是牵牛花盛开的初夏时节，我乘坐小田急线去咖啡店。急行电车正快速穿过东京的世田谷区，我望着车窗外的景色：绵延不绝的住宅区到了某一处戛然而止，出现了一片杂草丛生的空地，在静谧中接受着雨水的洗涤。牵牛花从茂密的草丛中露出它娇嫩的脸庞，宛若蝶泳的选手把脑袋伸出水面。三朵、四朵、五朵、六朵，数不胜数。连绵的雨水轻柔地拍打着花朵的脸庞。我出神地眺望着窗外的这番景象，心里忽然浮现出一句话：承诺已经兑现。

植物渴望水的滋养。它们之所以在这片土地繁茂生息，并不是因为雨水曾做过承诺。雨水注定会在某个时刻降临，所以与其说这是条件，不如说是风土本身。这一天，雨水终于降临。我看着野草和雨，忽然心里有个声音在说，承诺注定会兑现，犹如这是自然的定律。我再一次确信了早已心知肚明的道理。承诺不只是终有一天会得到兑现那么简单。人哪怕花费多一些时间，也必须尽全力去兑现他的承诺。

当我们漫游在时间的缝隙，这些东西会忽而出现在脑海，让我们不禁诧异于自己究竟在什么时候做过思考。与此同时，比方说塞·托姆布雷作品中的线条，我明白为什么那些没有任何意义的线条在劝告我"不用思考"。我的感受告诉我，在那些拒绝被解释的线条中存在着一种值得信赖的确信。我也明白了《水之驿站》试图表达的道理。尽管我并没有完全理解这部作品，但为什么我感到如此释怀呢。明明有不明白的地方，可我却感受到一种信任，它转变成我对作品的确信。

在咖啡店的每一天，我反复思考这些问题。当我站在店里的时候，自己好像变成了一位懵懂的孩童。从那时候起，我一遍又一遍地思考这些问题。

留在我心中的客人的言行，在经历时间厚重的堆砌后，有时会在某个时刻再次浮现在记忆的表层。那样的时刻让我意识到，原来自己在漫长的时间河流中，一直在等待着这一刻的来临。因此，不要惧怕时间，咖啡店是时间造就的。

关店后，五年过去了。当我回想曾经的客人时，我感觉似乎我们此刻正在店里相见。不久前，我坐在酒吧 Le Parrain 吧台的座位上，突然感觉有谁坐在旁边的位置。我知道，是以前来咖啡店的那位客人。紧接着，另一位我的客人在对面坐下。随后又一位客人推门进来。接二连三不断有人进来，酒吧一下子被咖啡店的客人们挤满了。我一时不知如何是好。曾经发生过这样的事情。[1] 我很欣慰，因为我随时都可以再次见到我思念的任何人。

我会准备好美味的咖啡，静候我们的再次相会。

感谢。

参考文献

むのたけじ『たいまつ十六年 改訂版』理論社，1964 年

太田省吾『劇の希望』筑摩書房，1988 年

太田省吾『舞台の水』五柳書院，1993 年

那珂太郎（編）『西脇順三郎詩集』岩波書店，1991 年

西脇順三郎『西脇順三郎対談集』薔薇十字社，1972 年

西脇順三郎『あざみの衣』講談社，1991 年

『美術手帖』1959 年 8 月号，美術出版社

城戸洋『平野遼 青春の闇 平野清子聞書』みずのわ出版，2002 年

平野遼『平野遼 水彩・素描集 疾走する哀しみ』スイッチ・パブリッシング，1998 年

『美術の窓』1986 年 12 月号，生活の友社

秋山敬『評伝 平野遼—危機と平穏のはざまを描く—』九州文学社，2000 年

松永伍一（編著）『平野遼詩集 青い雪どけ』生活の友社，1995 年

平野遼『地底の宮殿』湯川書房，1990 年

平野遼『平野遼 自選画集』小学館，1977 年

北九州市立美術館『平野遼の世界展』北九州市立美術館，1987 年

東京セントラル美術館『平野遼展—その宇宙のリズムより—』平野遼展実行委員会，1990 年

下関市立美術館『平野遼展—光と線の交響—』平野遼展実行委員会，1991 年

北九州市立美術館『平野遼展』平野清子，1997 年

　　＊本书从以上参考文献引用的内容中，有部分摘抄后经过二次修改和提炼，并非与原文完全一致。

大坊胜次（だいぼうかつじ）

　　1947 年出生于岩手县盛冈市。东京南青山的咖啡店"大坊咖啡店"
的店主。咖啡店从 1975 年开业以来，一直坚持着自家烘焙和法兰绒手
冲，店内装潢也从未改变。2013 年 12 月，咖啡店因所在大楼被拆除
而遗憾地关店。关店之后，在日本各地进行手摇烘焙、法兰绒手冲的讲
座，同时开始期间限定的移动咖啡店活动。